JN047770

トイレで読む、トイレのためのトイレ小説
よりぬき文庫

霜月あさみ

富士見L文庫

カバーイラスト・挿絵／ヨシタケシンスケ

あなたは一日に何回トイレに行きますか？

小さい方が……。なるほど。私も同じくらいです。

大きい方は……。なるほどなるほど。そのぐらいですね。


トイレにもさまざまな場所があります。家のトイレ。学校や会社のトイレ。病院のトイレに公園のトイレ。駅のトイレや仮設トイレ。初めて行った彼氏の家のトイレ。

豪華なトイレもあれば、汚いトイレも臭いトイレもあります。

この小説は、トイレで読む、トイレのためのトイレ小説です。

中には下品な話もあるでしょう。トイレですもの。また、中には怖い話もあるでしょう。だってトイレですもの。そうでしょ、花子《はなこ》さん。

殺人事件だって起こるかもしれません。密室トイレ殺人。「真犯人は個室《この中》にいる！」なんて。

トイレでする小さいのと大きいのに合わせて、一分程度で読める小さいお話と五分程度で読める大きいお話が詰まっています。

さあ、扉を開けて素敵なトイレライフを。

くれぐれも長居はしないでくださいね。

目次 contents

※(1)分くらいで読める短いお話と、(5)分くらいで読める長いお話が、大小詰まっています。
トイレで読むときの参考にしてください。

証拠隠滅

「帰るわー」

スマートフォンの画面に映し出された夫からのメッセージを見て、彼女は驚いた。やばい。どうしてこんなに早いんだ。「今日は飲んでくる」と朝言っていたはずだ。だから今日決行したのに。

「飲んでくるんじゃなかったの？」

彼女はメッセージを送信する。

三ヶ月も前から念入りに計画していたのだ。決行するのに必要なもののリストを作成し、資金も調達した。準備から決行、証拠隠滅までに掛かるおおよその時間も把握した。

「ああー、飲みはなくなったよ。飯食ってないからよろしく」

夫は夕飯を準備しろと要求している。夕飯を作る時間など果たしてあるだろうか。何度も頭の中でシミュレーションした。夫には絶対にバレてはいけない。完璧に証拠を隠滅し、普段と変わらぬ生活をする自信もあった。

「分かった。今から急いで作る」

彼女は夫に返信した。今から作ることを強調しておけば、夫が帰ってきた時に、万一夕食の準備が間に合っていなくても言い訳になるだろう。

急いで行うべきことは夕食の準備ではない。とにかくコイツを早くどうにかしなくては。

彼女は目の前に広がる光景を見て唖然《あぜん》とした。

夫の会社から自宅までは、電車と徒歩で二十五分だ。夫のメッセージに気がつかず、既に受信から十五分経過していた。

夫の帰宅まで残り十分を切っている。

計画ではバラバラにした後、庭に穴を掘って埋めようと考えていた。臭いがキツいだろうから、深い深い穴を掘って。

そのために鉄製のスコップまで準備したのだ。コイツを始末するのにここまですることが馬鹿げていると思うこともあった。

しかし、こんなことがバレてはいけない。完璧に隠す必要があるのだ。

しかし穴を掘っている時間などない。夫の帰宅まで八分もない。

こんなことなら先に穴を掘っておくべきだった。こんなに準備をしていたのに、コイツを目の前にした途端、衝動に負けてしまった。

八分で証拠を隠滅する方法を考えなくては……。

ゴミ集積所に棄《す》てに行く――いや、そんなことをしてはすぐに見つかってしまう。そもそも今日はゴミの日ではない。

ならば、勝手口にある生ゴミ用のポリバケツに入れるのはどうだろうか。危険だ。危険すぎる。ゴミ集積所よりも危ない。これこそすぐに見つかってしまう。

コンビニのゴミ箱はどうだ。だめだ。行って帰ってくる時間的余裕がない。それに夫以外に見られる可能性も出てくる。知人にでも会ったらそれこそアウトだ。

そうだ、ミキサーで粉々に粉砕してしまおう――いや、これも無理だ。こんな大きな胴体、いちいちミキサーになんて入れられないし、八分じゃ粉々にしきれない。しかもミキサーにまでも臭いがついてしまう。

彼女は冷たくなった胴体を見つめた。

どうしよう。

その時、スマートフォンから新着メッセージを受信した音が鳴った。

「駅着いた」

夫はご丁寧にも、今の居場所を連絡してきた。普段、こんなことしないのに。もしやバレているのではないか。

どうする。あと五分。五分しかない。

そうか。彼女は何かを閃《ひらめ》き、スマートフォンを手に取った。

「あ、そうだ、卵買ってきて」

夫にメッセージを送った。

よし。これで時間を稼げる。

さて。コイツの処分をどうしようか。本当に時間がない。

彼女は部屋を見回した。そして再び閃いた。

そうだ。トイレだ。トイレに流してしまえばいいのだ。バラバラにしたパーツを何回かに分けてトイレに流してしまえば、後はどうなろうと関係ない。

下水まで見ることはないだろう。

彼女は早速、散らばったソレをかき集めた。トイレに流すにはもう少しだけ切り刻んだ方がいい。

急がば回れだ。一気に流して詰まったりしたらそれこそ意味がない。

専用のハサミで一気に切り刻む。硬くて刃が入らない胴体は包丁を思いっきり振りかざし分断する。

手に臭いが染み付く。あとで洗わなければ。

ポリ袋にそれらのパーツを入れ、トイレに持ち込んだ。

ばらばらばら、と便器に入れ、流す。パーツが渦を巻くように消えていく。

いいぞ。その調子だ。

彼女は次々とトイレに流していった。

「ただいまー」

夫が帰ってきた。

「おかえりなさい。今、ご飯作っていたところよ」

彼女は台所から顔を出した。台所からは味噌汁《みそしる》のいい匂いがする。

「卵、買ってきたぞ」

夫がコンビニの袋を渡した。

「ありがとう。すぐできるから部屋で待ってて」

「ああ」

夫はリビングルームへ向かっていった。

「お、今夜はカニか」

「え……？」

彼女は言葉を失った。何故《なぜ》知っているのだ。

「ほら、これ」

夫はテーブルの上に置かれている「タラバガニ」と書かれた包装紙を指さしている。しまった。完璧に証拠隠滅したと思ったのに。包装紙のことをすっかり忘れていた。

夫に内緒で食べた特選タラバガニ。へそくりを貯《た》めて、専用のカニバサミを買って。今日は一人でカニ三昧だったのだ。

「ん……違うのか？」

夫はもうカニが出てくるものだと思っている。

彼女はカニバサミを握った。

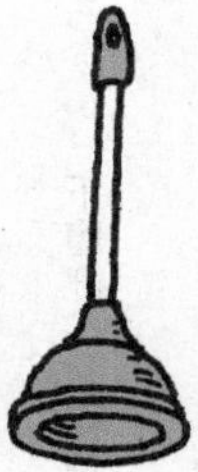

紙がない！

書店に来ると、どうしてこうもトイレに行きたくなるのだろうか。下腹部が急に騒がしくなる。

僕は、読んでいた新刊『転生して勇者になったが、異世界の食べ物がクソ合わなすぎて下痢をする3』を棚に戻し、トイレに向かった。個室が空いていると良いのだが……。

雑誌コーナーで立ち読みしている人々の間をすり抜けようとしたが、皆、立ち読みに夢中でうまく抜けられない。

小声で「すみません」と言いながら、ようやく文芸書コーナーまで来た。

平静を装って歩いていたが、いよいよ漏れてしまいそうで早歩きになる。

これで個室が埋まっていたらどうしよう。

書店奥の技術書コーナーの横にトイレの入り口を見つけた。

扉を押し開け、急いで男子トイレに入る。そこには小便器が二つ、個室が二つあった。

そして手前の個室がぽっかりと口を開けていたのだ。

良かった、一つ空いていた。

僕は導かれるように個室に入り、すぐに用を足した。

「ふぅー」

緊張が解《ほぐ》れたのか、我慢していたものを出した解放感なのか、自然とため息が漏れる。

ホッとする。

そう、僕は安心しきっていた。まさか手を伸ばした先にトイレットペーパーがないだなんて思ってもみなかった。

えっ……。

個室内を見回すが、トイレットペーパーホルダーにはもちろん、個室後方の棚の上にも、予備のトイレットペーパーはなかった。

急いで入ったから気がつかなかったのだ。

どうしよう、この個室には紙がない！

僕はどうするか考えた。隣の個室からトイレットペーパーを投げ入れてもらおうか。扉に貼ってある「喫煙禁止」と「トイレのマナー」の紙を剥がして使おうか、はたまたカバンの中にティッシュでも入っていないだろうか。

どうしよう。どうしよう。


……なんてね。そんなことを考える時代はもう終わったのだ。

僕は温水洗浄便座の操作パネルにあるひときわ目立つ大きさの「フルコース」ボタンを押した。それからオプションボタンで「ムーブ」と「なめらか」を選択する。

すると、機械音と共に一本目のノズルが出てくる。ノズルは前後に動きながら温水で尻を洗浄してくれる。

ある程度動くと、一本目のノズルは収納され、二本目のノズルが出てきた。二本目のノズルは手のような感触で尻の穴に優しく触れる。そして取り付けられた使い捨て抗菌シート4ミリで周囲をなでるように拭いてくれるのだ。

なんてなめらかなんだ。その動きはまさに人間の手のそれと同じである。いやそれ以上だ。まるでマッサージをされているかのような気持ちよさである。

尻を拭き終わると、続けて三本目のノズルが出てきた。今度は心地よい温風が吹き出してきて、尻を乾かしてくれるのだ。

そして最後に四本目のノズルが出てくる。仕上げだ。

プシュッ、と尻専用に開発された低刺激香水を一吹き。シトラス系の香りが漂う。うん、良い香りだ。

四本目のノズルが収納されると、自動的に水が流れて完了である。

そう、これが今の時代のスタンダードなのだ。今の時代、もう紙がないなんて言わせない。

さて、書店に戻るか。僕はトイレを出た。

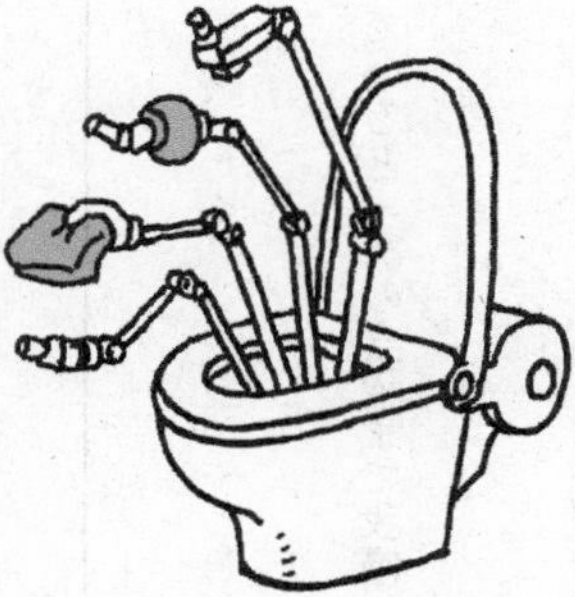

ある会社の願い

ある小さなビルのあるフロアにある、小さな会社の社長は、トイレの個室が一つしかなくて困っていた。

社長はたいそう忙しく、会議の合い間に個室が埋まっていると、次の会議まで我慢しなくてはならない。

社長は友人のティー博士に相談を持ちかけた。

「個室が埋まらないトイレにして欲しいんだ」

「それはつまり、回転が速いトイレというわけか」

「分からない。とにかく何でも良いから好きな時にトイレに入れるようにしてくれ」

「うむ。作ってみよう」

翌日、ティー博士は発明品を持って会社にやってきた。

「これを付ければトイレの回転が速くなるぞ」

博士はトイレの個室にタイマーを取り付けた。

「これでトイレに入った人は時間を気にするようになる」

ティー博士の言ったとおり、個室に入った人が以前より早く出るようになった。

しかし残念ながら、社長がトイレに行くと個室が埋まっているのだ。

「忙しくて時間が惜しいんだ。トイレに行く前に、トイレが空いてるか知りたいんだ」

「うむ。作ってみよう」

翌日、ティー博士はまた発明品を持って会社にやってきた。

「これを付ければ個室の空き状態が分かるぞ」

博士は会社のフロアに赤と青のランプを付けた。赤いランプは個室に人がいることを示し、青いランプは空室を示すという。

ティー博士の言ったとおり、わざわざトイレにまで行かなくとも個室の空き状態が分かるようになった。


しかし、トイレが空いていなくて我慢していた従業員も、トイレに行きやすくなり、今までよりもさらに個室が埋まるようになってしまった。

「もっと、トイレが空いている時間を増やしてくれ」

博士は困ってしまったが、

「うむ。作ってみよう」

と言った。

そして、翌日、博士は工事業者とともに会社にやってきた。

コンカン、コンカンと工事を行い、博士は言った。

「よし。できたぞ」

ティー博士は、トイレの個室に人が入っているかが分かるようにし、仮に人が入っても
すぐに出させることができるすばらしいトイレを作ったのだ。

それは会社のフロアの壁とトイレの壁を透明にして、いつでもトイレの中が分かるよう
にしたのだ。

個室の壁ももちろん透明なので、誰がどのくらいトイレに入っているのかが一目瞭然だ。

博士は言った。

「これで社長の好きな時間にトイレに入れますよ」

こうしてこの会社のトイレはいつでも個室が空くようになった。

今では社長含め、従業員はみな、ほかのフロアのトイレを使うようになったのだった。

ほかのフロアの社長が言った。

「最近、トイレの個室が埋まっているんだ。どうにかしてくれないか」

トイレのそばで ―1DAY―

「よろしくお願いしまーすっ！」

陽が燦々《さんさん》と降り注ぐ夏の朝。六名のスタッフによる威勢の良い掛け声とともに初日がスタートした。

今日から二日間、ここ代々木《よよぎ》公園で「うまい蕎麦《そば》日本一決定戦」が開催される。日本全国のご当地蕎麦が日本一を目指して熱き戦いを繰り広げるのだ。

出場店数は過去最多の二十一店舗。二日間で約十万人の来場者、約十五万食の蕎麦販売が見込まれている。

各店舗で蕎麦を購入すると店の名前が書かれた「投票券」が渡される。来場者は蕎麦を食べ、おいしいと思った店舗に投票、その得票数が最も多い店舗が、うまい蕎麦日本一となるのだ。

僕たちは「高尾山《たかおさん》とろろそば」として出場している。スタッフ全員がお揃《そろ》いの黒いシャツ――シャツには大きく白文字で店の名前が書かれている――を着ている。

メニューは至ってシンプル。「高尾山名物　冷やしとろろそば」と「高尾山名物　天ぷらとろろそば」のふたつ。

とろろとなる山芋の旬は十一月頃からなので、正直夏のイベントには不向きな蕎麦なのだが、六十歳を超える二代目店主は「オレはとろろで勝負する」と、頑固一徹なのであった。

僕はスタッフの中で一番の下っ端。薬味のネギをひたすら切ったり、使い捨てのエコ容器にめんつゆを入れたり、その他諸々《もろもろ》雑用を任されていた。

昔の蕎麦職人には厳しい職制があったらしく、僕の仕事は「まごつき」と言うらしい。調理場であっちやこっちや走り回り雑務をこなすことから、この名がついたそうだ。

もっとも僕の働く蕎麦屋では、昔ながらの職制はなく、僕は一従業員として雇われている。

僕も普段の店舗では、山芋を摩《す》ったり、蕎麦を茹《ゆ》でたりもしており、「まごつき」が行う仕事以上のことを従業員としてこなしている。

しかし、この二日間の「うまい蕎麦日本一決定戦」では、より短時間でより多くの注文を受ける必要があるため、分業し効率化を図ることになった。

天ぷら担当は二代目店主。蕎麦茹で兼盛り付け担当が二名、レジおよび注文受付が一名、呼び込み担当一名。そして雑用係の僕である。

仕事はお昼に向かってどんどん忙しくなっていった。そしてお昼には自分の担当など関係なしにお互い滞っている作業のヘルプに就いた。

「次！　冷や二、天とろ一」、「冷や一のネギ抜き！」と次々とオーダーが入ってくる。夏。正午。ギラギラ輝く太陽。天ぷら。沸々と蒸気を出す茹でがま。そして男たちの熱気。

テント内はあらゆる熱が充満していた。

熱中症にならないよう水分を補給しながら、なんとか昼の山場を乗り切った。

「忙しくなる前に休憩入っちゃってー」

次の山場は十七時過ぎからやってくる。僕たちは順々に休憩に入っていった。その場でまかない飯を食べるスタッフもいれば、他の出場店の蕎麦を食べに行くスタッフもいた。

僕はとりあえず会場内を回ってみることにした。スタッフTシャツから私服のシャツに着替える。会場内には、蕎麦の他にも、ホットドッグ、タコ焼き、リンゴ飴《あめ》などの屋台も軒を連ねていた。ただ、大会公式の敷地《しきち》から若干離れており、おそらく便乗して出しているのだろう。

僕も他の出場店の蕎麦を食べることにし、パンフレットでそれぞれの出場店の蕎麦を見てみた。

福島県からはネギ一本を箸代わりに使う名物「高遠《たかとお》そば」、神奈川県からは坦々《たんたん》スープに韃靼《だったん》蕎麦をつけて食べる「金ごま韃靼坦々蕎麦」、山口県からは錦糸卵と細切れ牛肉、レモンの載った茶そば「瓦そば」、沖縄県からはたっぷりコーレグースをかけられる「ソーキそば」など、どれもおいしそうだ。

僕はその中で大会一番人気と言われている「信州戸隠《しんしゅうとがくし》そば」を選んだ。戸隠そばは、一口分ほどの量を五束程度に並べた「ぼっち盛り」という独特の盛り方で提供される蕎麦だ。薬味の辛味大根をつけてシンプルにめんつゆで頂く。

各出場店はコの字形に配置されていて、「信州戸隠そば」は僕らの「高尾山とろろそば」のちょうど真向かいにあった。

近づいてみると、この時間でもしっかり行列ができていた。さすが優勝候補。

しかも揚げ物の提供をしていないためか、並んでいる客は次々と蕎麦を受け取っている。回転が速いのだ。やはり優勝候補。

僕もその列に並んだ。

そして僕は突然、……恋に落ちてしまった――。

注文受付の女の子に一目惚《ひとめぼ》れしてしまったのだ。色白で、髪を後ろで結わえ、店名の書かれたはちまきをして、屈託ないさわやかな笑顔で接客をしている。

客の列が前に進んでいく。

両手でおつりを渡す丁寧な仕草。会釈。

また列が前に進む。

会釈後の笑顔。

さらに列が前に。

華奢《きゃしゃ》な腕。

そして——

「いらっしゃいませ」

その透き通った声——。

「いかが……いたしましょうか？」

はっと我に返った。急に会場の喧騒《けんそう》や景色が戻った。あまりに見とれすぎて、自分の番になっていたことも気がつかなかった。

彼女が困り顔で僕の顔を覗《のぞ》き込む。

「あ。あの、これをひとつ」

「はい、かしこまりました」

彼女は調理スタッフにオーダーを通す。調理場の男たちが「へいっ」と蕎麦の準備に取りかかる。

僕はお金を支払うと、すぐに蕎麦が出てきた。

「ありがとうございました」

彼女は笑顔でぺこりとお辞儀をした。

僕は結局何も話せなかった。なんだか情けない。一夏の恋はすぐに終わった。

戸隠そばは絶妙だった。つるつるとした喉越しと、啜《すす》ったときの蕎麦の風味。辛味大根の刺激が清涼感を増して、暑い夏にぴったりだ。これはやはり優勝候補。シンプルな蕎麦にうまみが凝縮している。

休憩時間も残りわずかだったので、トイレに行き戻ることにした。

公園のトイレは混雑防止のため使用禁止となっており、代わりに大会運営者側が用意した仮設の簡易トイレがずらりと並んでいた。その数、十五基ほど。男性用は小便器が三基、個室が二基。残りは女性用となっていた。

女性用には数人列ができていたが、男性用はすぐに入れた。

ポリエチレン製の仮設トイレには緑の扉に「男性用」と貼り紙がある。

中に入り用を足した。日中の熱が仮設トイレの中に残っていて、籠もるような不快な空気に包まれる。

仮設トイレの狭さや臭い、あまり清潔と思えない感じが、好きではなかった。素早くすませ外に出た。

戻る際、トイレに並ぶ女性の列の一番後ろに知った顔を見つけた。

「あ」

僕は思わず声を出してしまった。

「え？」

声に気がついた女性もこちらを見る。「信州戸隠そば」の彼女だ。

「……あぁ。先ほどの。先ほどはありがとうございました」

彼女は僕のことを覚えてくれていたようだった。いや、きっと、よっぽどアホな顔をしていたのだろう。

「蕎麦、とてもおいしかったです」

「それは、どうもありがとうございます」

彼女はにこりと笑う。仕事場を離れていても笑顔を絶やさない。なんて素敵な方なのだろう。

もっと話したい。そう思ったのだが、トイレ待ちの女性と話をするのは失礼だとも思った。

「あの、実は僕、あそこの蕎麦屋で働いているんです」

僕は遠くの「高尾山とろろそば」の看板を指さす。

「じゃあ、ライバルなんですね。お互い頑張りましょうね」

嬉《うれ》しさのあまり叫びたくなった。叫びそうになったが我慢した。

「はい。よろしければうちの蕎麦も食べに来てくださいね」

「ええ。私とろろ大好きなんです。今日の夜、行ってみようと思います」

「待ってますね。では」

僕は紳士的に別れを告げた。

「はい」

彼女は笑顔で会釈をした。

ただの社交辞令かもしれない。
それでも僕は仮設トイレのそばで彼女と約束をしたのだった。
彼女が来ることを願って、僕は仕事に戻った。

トイレのそばで　―２DAY―

昨日から代々木《よよぎ》公園で始まった「うまい蕎麦《そば》日本一決定戦」もいよいよ今日が最終日だ。

最高気温は昨日より1℃上がる予報で、より熱い戦いになりそうだ。

僕たち「高尾山《たかおさん》とろろそば」スタッフは、今日もお揃《そろ》いのスタッフTシャツを着て午前中から大忙しだった。最終日とあって昨日より来場客が多い。

「冷や四！　天とろ二！」

「はいよっ」

威勢の良い掛け声とともに蕎麦が茹《ゆ》であがる。テント内はまるでサウナ状態だ。

――私とろろ大好きなんです。今日の夜、行ってみようと思います
僕が一目惚れしてしまった「信州戸隠《しんしゅうとがくし》そば」の注文受付の女の子は、結局昨日、お店には来なかった。

やっぱりただの社交辞令だったのか。

僕は遠くの「信州戸隠そば」のブースを見た。優勝候補だけあって人だかりができていた。彼女の姿は見えない。

今日は来ているのかな……。


「ネギ早く！」

「あ。すみません」

薬味のネギを切る手が止まってしまっていた。

会場には賑《にぎ》やかな音楽と軽快な司会者の声が聞こえる。

二日目はステージでのイベントも満載なのだ。今は日本三大蕎麦のひとつである「盛岡《もりおか》わんこそば」の大食い大会が行われている。

「すみません、ちょっとトイレに……」

彼女のことが気になって、まともに仕事ができなかった。せめて今日も来ているかだけでも確かめたかった。

僕はトイレに向かう道すがら、「信州戸隠そば」のブースの前を通った。

彼女は今日もいた。変わらず笑顔で接客していた。

店名の書かれたはちまきをして、結った髪がふわりと揺れる。手を上げてスタッフにオーダーを通し、客に向かって笑顔で挨拶する。

もう少し近くに行きたかったし、声も掛けたかったが、忙しそうだったのでやめた。第一、注文もしない他店のスタッフTシャツを着た男が突然声を掛けたら、彼女にも店側にも迷惑だろう。

トイレに行くと、今日は男性用も並んでいた。僕は最後尾に並ぶ。

昨日はここで彼女と話したんだと思い出す。この大会も今日まで。大会が終わると、彼女はきっと長野に、僕も八王子《はちおうじ》に戻ってしまう。

もう一度だけでも話したいな、と思う。

「オレは、高尾山かな？　お前は？」

「高尾山」と聞いて、思わず声のする方を見た。トイレ待ちの中年男性二人が話をしている。

「高尾山？　あそこはダメだな。あれなら坦々《たんたん》蕎麦の方が断然うまい」

「なんでダメなんだ？」

僕の思った疑問をもう一人の男が質問した。

「とろろ蕎麦のくせに、うずらの卵がのってねぇんだよ」

「経費けちったのか？」

僕は恥ずかしくなってスタッフTシャツの店名ロゴが見えないように手で隠した。

「いや。夏場だから生卵は控えたんだろう。食中毒騒ぎが起こったら面倒だしな」

「お前詳しいな」

「ああ。あそこの蕎麦は、うずらの卵ととろろを混ぜると最高にうまいんだ。しかも冬。寒い中、熱々の蕎麦に絡まるとろろを想像してみ。マジでうまいから。オレ、よく登ったんだよな、高尾山。その度にあそこの蕎麦食ったんだよ」

「なるほどな。よく知っているからこそそのこだわりか」

「ああ。そんなわけでここでの味はイマイチだったたってわけ」

彼らの話に嬉しさと悲しさが同時に湧いてきた。まさかトイレ待ちでこんな話が聞けるとは思わなかった。

彼の望む「最高の蕎麦」はここでは提供できないが、「おいしい蕎麦」を待っている人のために、できる限り力を出していこうと思った。

　昼時は大盛況だった。蕎麦を茹でる大釜がふたつでは足りないぐらい客が並んでいた。忙しさのあまり、仕事が雑にならないように気を配りながら、何とか昼のピークを乗り切った。

　先輩スタッフから遅めの昼休憩に入っていき、僕が昼に入れたのは十六時過ぎだった。

　僕は「信州戸隠そば」へ向かった。相変わらず客が並んでいたが、すぐに僕の番になった。

　彼女の前に立つ。

「どうも」

「いらっしゃいませ」

　ぺこりと彼女が笑顔で挨拶をする。

「これ、ひとつ」

「かしこまりました」

　事務的な会話が続く。

彼女が注文を調理スタッフに伝えた。すると奥から「茹で五分！」と聞こえた。

彼女から笑顔が消え、申し訳なさそうに眉が下がった。

「申し訳ございません。ただいま、蕎麦を茹でていますので、少々お待ちください」

僕はむしろありがたかった。彼女と話せる時間が与えられたのだ。

しかし……。

「忙しそうですね」

「ええ、まあ」

……。時間があるのに、注文すること以外の会話がうまくできなかった。

何を話したら良いのだろうかと迷っていると、彼女の方から話をしてきた。

「あの。実は私……」

「はい」

「さっき食べに行ったんですよ、とろろ」

彼女はそう言うと、「高尾山とろろそば」と書かれた投票券をポケットから取り出して見せた。

「おいしかったです、とろろ」

「そうだったんだ。気がつかなかった」

「忙しそうにしていたから、声は掛けませんでした」

「あの、実は僕……」

「あがりー！」

　奥から声が聞こえた。彼女は声を出した男性スタッフと仲良く話をしている。男性スタッフが彼女の肩をトントンと叩《たた》く仕草が見えた。彼女も笑っている。

　彼女が注文の蕎麦を持ってこちらにやってくる。

「たいへんお待たせ致しました。信州戸隠……」

「連絡先。あなたの連絡先、教えてくれませんか」

「えっ」

　僕は気づいたらそう言っていた。この蕎麦をもらったらもう会えないと思ったのと、たぶん男性スタッフとのやり取りに嫉妬したのだと思う。

「すみません……。そういうのはちょっと……」

「そうですよね、ごめんなさい」

　そして見事に玉砕した。ありがとうございます、と最後に挨拶し蕎麦を受け取った。

　僕は公園の隅で信州戸隠そばを啜《すす》った。薬味の辛味大根の刺激が、とてもつらかった。

「うまい蕎麦日本一決定戦」の大会結果は、やはり「信州戸隠そば」が優勝。僕たち「高尾山とろろそば」はトップ3には入れなかった。

ステージでは代表者がスピーチをしていた。

撤去作業を行っている最中に声を掛けられた。

「あの……」

彼女だった。頭のはちまきはもうない。

「ちょっと、いいですか」

「あ、はい」

僕たちは、少し離れたところに行く。

「優勝、おめでとうございます」

「ありがとうございます」

「おいしかったですもんね」

「とろろも、おいしかったですよ」

「ありがとうございます」

　そこまで言って、会話が途切れた。暗くて表情ははっきり見えない。

「忙しくて、投票できなかったんです。これ、返します」

　彼女はポケットから「高尾山とろろそば」の投票券を取り出し、僕に差し出した。

　正直、驚いた。わざわざ投票券を返しに来たのかと。

「じゃあ、また。待ってますね」

　僕が唖然《あぜん》としていると、彼女はスタスタと足早に歩いていった。

「え、ちょ……」

　待ってます？

　投票券の裏を見ると手書きのメモが書かれていた。「また、食べに行きたいです」というコメントとともに彼女の名前と連絡先が。

こうして僕たちの暑く、熱い戦いは幕を下ろし、代わりに僕と彼女の遠距離恋愛の幕が上がったのだ。

今は遠いが、いつか彼女のそばに行きたい。

ただただ、普通に用を足す

僕は自宅でくつろいでいる時、便意を感じトイレに向かった。

「お手洗」と書かれた照明のスイッチ、「換気扇　遅れて切れる」と書かれた換気扇のスイッチを立て続けに押す。カチッ、カチッと小気味良い打鍵感が連続して返ってくる。

木製の、やや暗く落ち着いたブラウンのドアを開け中に入ると、暖色系のLED照明に照らされた一畳ほどのトイレ空間が広がっている。

白いタイル調の床と白い壁紙は清潔感を感じさせ、吊《つ》り戸棚は、トイレのドアと同じブラウンで引き締まったイメージを与える。左側には温水洗浄便座の操作パネルとトイレットペーパーホルダー、右側には手洗いカウンターが備え付けられている。

そして中央には、温水洗浄便座付きのタンクレストイレが設置されている。住んで間もない新築マンションのトイレで、便器側面の陶器が、ツヤツヤと輝いて床面を映し出している。

蓋を開け、身体《からだ》の向きを変え、ズボンと下着を下ろし、便座に座った。

それと同時に、自動脱臭機能が作動し始めた。

全身の力を一ヶ所に集中させ、ぐっと力む。排泄《はいせつ》口を徐々に広げながら、固まりかけた粘土のような感触のものがゆっくりと出てくる。

身体の血液が鬱滞し、頭部への血液循環も悪くなる。次第に目の前にチカチカと星のようなものが見え、頭がぼうっとし始めた。

排泄口を狭め、絞りを利かすと、切れた粘土が落下する。河原に石を落としたような音が響いた。

止めていた息を吐き出し、「ふう」とひと息つく。

その安堵《あんど》感からか、今度は尿が出る。締め忘れた蛇口から出る水のように、勢いのない尿が少量。

尿を出し終えると再び排泄口を広げ、残りの便を出し切る。

操作パネルに手を伸ばし、「おしり」を押す。

ノズルから勢いよく飛ばされた水は、迷うことなく自分のそれにヒットする。

水流の強さ、位置ともに自分用に調節されており、気持ちいい。

さらに「ムーブ」ボタンを押し、水流を前後に振動させる。

この上ない至福の時が訪れる。ああ。なんて気持ちいいのだろう。まるで心まで洗われていくようだ。目をつむり、しばらくこの時を楽しんだ。

トイレットペーパーを引き出して切り、数回軽く拭く。立ち上がり、下着とズボンを上げ、「大」ボタンを押す。大きな水の渦を作り、排泄物は消えていった。

トイレの蓋を閉め、手洗いカウンターで手を洗い、タオルで手を拭き、トイレから出た。

「お手洗」というボタンを押して照明を消し、部屋に戻った。

ＩＯＴ

ＩＯＴ、それは「インターネット・オブ・トイレ」の略である。トイレがインターネットに接続し、あらゆる情報を相互交換し機能を制御する、というものだ。

日本国内ではある年に温水洗浄便座の普及率が八十五パーセントを超え、温水洗浄便座市場が頭打ちになったことから、新たに発売されたのがＩＯＴなのである。

ＩＯＴは大きく分けて三種類ある。一般家庭向けＩＯＴ、企業や店舗向けの個室一体型ＩＯＴ、そして小便器用ＩＯＴだ。

では、ＩＯＴは何ができるのか。

ＩＯＴ化した一般的なトイレでは、まず便座に座ると、「尻紋《しりもん》センサー」が作動し、インターネットを通じて世界中の尻紋情報へアクセス、個人を特定する。本人認証が完了すると、一日のトイレの回数や前回のトイレからの経過時間、使ったトイレットペーパーのロールの回転数、トイレ滞在時間、さらに位置情報による使用したトイレの場所までもが、スマートフォンと連携・表示されるのだ。

また企業向けの個室一体型ＩＯＴでは個室の扉に有機ＥＬモニタが設置されており、そこにマイトイレ情報が映し出される。

商業施設では、有機ELモニタ向けに広告や健康コラム、ゲーム・動画コンテンツなども配信されている。

ちなみに小便器の場合は、便器上部に指紋認証センサーが付いており、使用前にそこに触れることでマイトイレ情報へアクセスできるようになっている。なお、センサー部は自動消毒機能付きである。

便座には体組成計機能が付いており、尻の表皮からの微弱な水分などからBMI、体脂肪率、内臓脂肪レベル、皮下脂肪率、基礎代謝量、体水分率、体年齢、推定骨量、そして尻圧《けつあつ》が計測できる。

もちろん体重は便座に座った時点で計測される。小便器の場合でも立ち位置部分に埋め込まれた体重計で計測可能だ。

さらに検査キット・カートリッジが内蔵されているIOTでは、排泄物などから簡易的な検査が可能なのだ。検査項目は、尿糖、尿蛋白《たんぱく》、尿潜血、尿沈渣《ちんさ》、尿比重、尿ウロビリノーゲン、便潜血などだ。ほとんどの項目は一分以内に検査結果が判明するが、時間を要する項目は、後にスマートフォンへ情報が送信される仕組みだ。

これらの検査項目はすべてデジタル化され、健康状態を五段階で評価してくれる。なお、最低評価となった場合、インターネットを通じ、登録病院へ通知され、後日病院側から来院の案内が来るようになっているのだ。

検査に掛かる費用は、月額固定で、マイトイレサイトからクレジットカード、口座振替えなどで支払い可能だ。当然、保険適用である。

実は今、IOTの普及率が急激に伸びているのだ。

その背景には、便や尿の検査が日常的にできるようになり、病気の早期発見に役立っているためである。

国は検査機能付きのIOTを普及させるべく、トイレエコポイント施策を実施した。全額ポイントによりIOTを新たに購入でき、個人、法人にかかわらずすべてのトイレをIOT化。さらに、検査費用を全額保険適用とし、実質無料にする施策だ。

高齢化に伴い、病院での検診に時間が掛かる中、自宅で簡単に健康チェックができることから国主導で施策を進めている。

IOTは一大ブームとなった。自宅のトイレはもちろん、商業施設、企業、学校や公園、公共施設までもIOT化され、今やIOT化されていないトイレは「レトロイレ」と言われるまでに過去のものとなった。

　その間、「カメラ内蔵IOT」という商品が発売され、プライバシーの関係上、問題となったり、マイトイレサイトの個人情報漏洩《ろうえい》問題、IOTの設置工事を高額請求する「IOT詐欺」、IOTを不正に操作し、偽のマイトイレ情報に接続させたり、使用中、勝手にお尻洗浄機能を発動させたりする「IOT遠隔操作事件」などの問題も発生した。

　しかし、国のトイレエコポイント施策が後押しする形となり、初期のIOT登場から僅か四年で普及率七十五パーセントまでになった。

　水洗トイレ、温水洗浄便座、そしてIOT。普及率の高さから、これらは「三種の便器」と言われている。

　IOTはどこに行っても、自分の健康状態を簡単にチェックできる、なくてはならない存在だ。さらにトイレ扉の有機ELモニタには、その健康状態からおすすめの健康食品の広告配信、病院情報の案内のほか、用を足す間の時間向けに、IOT限定の動画コンテンツなども登場した。

　より便利により健康的な世の中へと進化していった。

　ただひとつ、IOT化が進む頃から深刻な現代病が増えた。IOTのデータによると、トイレ平均滞在時間がIOTの普及率に比例するように伸びているのが分かっている。
長時間トイレに座っていることによる病気、そうそれは痔《じ》だ。

こたつ

「お姉ちゃん、場所取りすぎー」

「そんなことないよ、あんただって布団持ってきすぎ」

「だって、寒いんだもーん」

そう言って妹はグイッとこたつ布団をさらに引っ張った。すっぽりとこたつの中に身体《からだ》を収めている。亀か。

「あんた、こんなとこで寝てないで勉強しなよ」

「えー。なんでよー」

正月。わたしは実家に帰ってきた。妹は高校二年生。わたしは大学二年生。お互い受験生でも就活生でもない気楽な身分だ。

妹は寝ながらスマートフォンをいじっている。

「お姉ちゃんこそ、こんなとこでテレビ観《み》てないでどっか行きなよ」

テレビではお笑い芸人による漫才が流れている。みかんを食べながらテレビを観る。芸人のツッコミに大いに笑う。ああ、なんて幸せな時間なんだ。

「ふっ。あははは。このコンビおもしろーい」

何組かの芸人のネタが終わるとCMに入った。

「ねぇ、ねぇ、お姉ちゃん」

「なに？」

「テレビ観てる時に悪いんだけどさー」

「いいよ別に。CMだし」

「じゃあさ、あたしの代わりにトイレ行ってきてー」

妹はこたつの中から頭とスマートフォンだけ出している。

「は？　意味分かんない。ムリ」

「えー。さむいー。動きたくないー」

「うっさいなぁ。いいよじゃあ。わたしも行きたかったし、あんたの代わりにいったげる」

「やったー」

「あんたの分は出せないけどね」

「えー。けちー。おにー。あくまー」

「当たり前じゃん」

そう言ってわたしは居間を出た。暖房のついていない廊下はひんやりと寒く、素足で歩くと冷たさが直《じか》に伝わってくる。

トイレで用をすまし居間に戻ると、お笑い番組が再開されていた。わたしはこたつに入り再びテレビを観る。

あまり面白くないコンビだ。

「あんた、トイレ行かなくていいの?」

「んー。出たくないー」

「ほんと、めんどくさがりよね」

テレビを観ながら妹と会話をする。

「そういやあんた、漏らしたことあるよね」

「え? ないよ!」

「ほら、小学校の時——」

「あれは大丈夫だったの。お姉ちゃんしつこいよー」

下校中にトイレに行きたくなったらしく、小学生の足で二十分かかる通学路を駆け足で家に帰ってきたらしい。先に家に帰っていたわたしは何事かと思ったのだけど、妹はそのまま猛ダッシュでトイレに駆け込んでいった。その時の苦悩に満ちた妹の顔。あれは漏らしていた。

「ふふ」

「何笑ってんのよー。ほんと大丈夫だったんだからね」

「テレビよ。お笑いに笑ったの」

妹は何か納得してなさそうな表情をしたが、直後、「さ。そろそろトイレ行こうかなー」と言い、こたつから身体を出してのそりと立ち上がった。

「いってらっしゃーい」

私はお笑い芸人のネタに笑いながら言う。

「お姉ちゃんのいじわる」

妹は小声でつぶやきながらトイレに向かって行った。

今日も我が家は平和である。

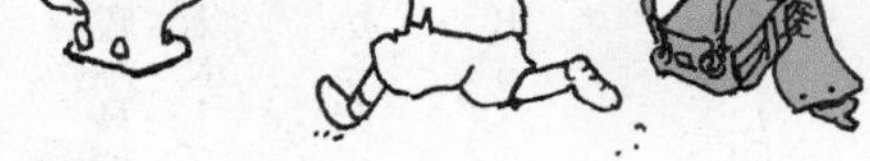

トイレ下の物語

マンホールの蓋が開いていたらしく、よそ見して歩いていたら、見事に穴の底へ真っ逆さまに落っこちてしまった。幸いうまく着地できたため怪我《けが》はしていない。それにしても、何とも情けないことだ。

見上げると、ぽっかりとあいた穴から明るい空が見えた。ふわふわの雲が右から左にゆっくりと流れている。

円柱状の壁面には簡易的な鉄ばしごが設置されている。あれを使えば地上に出られるのだが、それすら高くて届きそうにない。

足下には足がすべて浸《つ》かるほどの水が溜《た》まっている。

暗くてよく見えないが、茶色く濁っている。そして強烈な臭いが鼻をつく。腐った卵のような臭いだ。

どうやらここは汚水管のようだ。町内の集会所で長老が話をしていたことを覚えている。下水道には、二つの種類があるそうだ。

一つは、雨水や地下水などの自然現象による水を集めた「雨水《うすい》」、もう一つは、トイレから排出される屎尿《しにょう》、台所や洗面所、風呂場から排出される雑排水といった人間の生活によって出される生活排水を集めた「汚水《おすい》」だ。

雨水と汚水は、混ざり合わないように別々の下水管を通して処理される。分流式と言うそうだ。雨水はそのまま海に排水されるが、汚水は遠くにある「下水処理場」という施設に送られ、綺麗《きれい》な水に変えてから海に放流されるのだ。

長老が言っていた。この町の地下には、下水道が縦横無尽に張り巡らされ、それらのおかげで綺麗な水が循環しているのだと。集会所の飲み水もそうなのだ。

汚水管には通れるほどの大きさの横穴が二つ開いていた。汚水は、片一方の横穴から出てきており、もう片一方に流れていっているようだ。

ここに居ても地上に上がれそうにないので、出口を求めて、横穴を進むことにした。

汚水の流れと同じ方向に進む。横穴は真っ暗だ。先ほど居た場所から、地上の明かりが届いているが、数メートル進むと、その明かりも頼りにならない。いくら夜目が利くといっても、ほとんど見えない状態だ。

水の流れる音を頼りにゆっくりと進む。汚水管には微妙な勾配が付いているようで、汚水は停滞することなく流れている。

所々で、脇からも水が流れる音が聞こえる。おそらく、地上にある各家庭から出た排水が合流しているのだろう。

脇の穴から出られないか探ってみたが、穴の大きさが小さくて入れそうになかった。

さらに奥に進んでいくと、チュウ、チュウと聞き覚えのある鳴き声が聞こえた。

ネズミだろう。ネズミは突然の訪問者に驚いたように鳴き声を出しながら走り去っていく。その音を頼りに追いかけた。

ネズミを追えば、出口に繋《つな》がっているだろうと思ったからだ。

しかし途中で見失ってしまった。よだれが出るほどの貴重な存在だったのに。

それからさらに奥まで進んできたが、いっこうに出口は見つけられない。その上、暗さと臭いで気がおかしくなりそうだった。

引き返そうにも、ここまで来るのに、いくつもの分岐があったため、もう先ほどの場所に戻れる自信がない。突き進むしかないのだった。

しばらく歩いた後、突然、耳が張り裂けそうな巨大な高音が辺りに鳴り響いた。何かを切断しているような人工的な音だ。下水道内が小刻みに振動する。

辺りを見渡すと、来た道が真っ白く光り出した。眩《まぶ》しい。瞳孔が一気に細くなる。出口かもしれない。光る方へ走りながら、「助けてくれ」と叫んだ。

「おいっ！　なんかいるぞ！」

良かった。気がついてくれたようだ。

「にゃーん！」

「おーい。こんなところに子猫が迷い込んでいるぞ」

「にゃーんっ！　にゃーんっ！」

オイラは必死に鳴く。排水管の穴の大きさが小さすぎて人間は入れないようだった。

懐中電灯で中を照らしながら、一人の人間が手を差し伸べる。

オイラはその手に導かれるように人間に近づくと、人間はオイラを抱きかかえてくれた。

「よくこんな狭いところにいたな。もう大丈夫だぞ」

「どこから迷い込んだんだろうな。かわいそうに」

「いやあ、硫化水素ガスにやられなくて良かったナァ」

「ネズミでも食べて生きてたんか？」

「飼い猫か？」

「いや、ノラだろ」

「開削工事で良かったよ。非開削だったら救出できないもんな」

「おい、誰か子猫洗ってやってくれ」

工事が中断され、人間たちがオイラを覗《のぞ》き込みながらいろいろ話している。

オイラは、抱きかかえられたまま、地上へ運ばれた。

地上はもう夜だったが、太陽のように明るい光の玉が二つ輝いていて、周りは昼のように明るかった。

そこで、工事の看板を目にした。人間の文字は読めないが、「公共下水道管渠《かんきょ》敷設工事に伴い、交通規制を下記の通り実施します」と書かれていた。

オイラは冷たい水を思いっきりかけられ、身体《からだ》を洗われた。水は嫌いだが、こんなにも気持ちが良い水浴びは初めてかもしれない。臭いが一気に取れた。

「じゃあな、元気でな」

オイラを洗ってくれた人間が、脇道にオイラを降ろす。

「にゃあん」

オイラはお礼を言って、その場を後にした。

大きな音を立てて、工事は再開していた。

下水道内を結構歩いたと思っていたが、ここは見慣れた土地だった。

そう、この先には集会所「第二児童公園」がある。集会所に行って水飲み場にある美味《おい》しい水を飲み、長老に下水道冒険記を話そう。

オイラは集会所に向かって走った。

リズムに合わせていろんなパターン

♪3、2、1

便座あげて、ジーンズさげて、パンツさげる
便座さげて、スカートあげて、パンツさげる
便座あげない、レギンスさげて、パンツさげる
チャックあけて、パンツさげて、一歩前へ
便座あげない、裾広げて裾あげる、帯留めながらパンツさげる

便座あげない、ガウチョさげるまえにペチあげて、パンツさげる

ズボンさげて、パンツさげて、腰おろす

レバーさげて、腰あげて、パンツあげながらズボンあげる

フタあけて、前の人のが、こんにちは

便座さげて、部屋着をさげて、パンツさげる

便座あげて、使った後は、便座さげて！

便座さげて、便座さげてったら、便座さげて！

便座あげないで、便座さげて、して！

春の訪れ

早いものでぼくらがこのサークルに迎え入れられてから、もう一年が経《た》った。

一年前、大学の入学式の日、広場で行われていたサークル勧誘で、何とはなしに文芸サークルのブースにふらふらと立ち寄った。そこでメンバーによる活動内容の説明を受けて、その日のうちに入部したのだ。

通常は気になるサークルを二、三候補見つけ、仮入部でサークル内の雰囲気を見ながら、後日、正式に入部する人が多いようである。

入学式から二週間前後で決める人が多く、この期間はどのサークルも新入生への勧誘活動が活発になるのだ。

テニスや飲み目的系の大規模サークルでは大量に勧誘している一方、年々部員が減少して、今年なんとしても一名入部しないと廃部になってしまうサークルもある。

文芸サークルは、十五名以上が所属している中規模サークルで、詩や小説を読んだり書いたりするのが好きな人が集まっていて、ぼくはもともと本を読むのが好きだったので、特段迷う必要もなく入部したのだ。

即日入部に対して、先輩たちにはずいぶんと驚かれた。

そしてそんなぼくと同じく、即日入部した人がもう一人いたのだ。

その人は今、店先で中華オードブルのメニューを見ている彼女である。

「ねぇ、この四千円の三つで良くない？」

彼女は、円形の皿に中華料理が数種類、山盛りになっているメニューを指さした。

「んー。そうだね。あとはチーズとかスルメとか買えばいいか」

「だね。予約しちゃおうっか」

ぼくと彼女は、今週末に行われる今年度の新人歓迎会の幹事兼準備係に任命されているのだ。

新人歓迎会は毎年お花見と決まっており、サークルOBの方、在籍メンバー、仮入部や入部を検討している新入生、合計三十名弱でわんさか盛り上がる。

お花見に参加してくれた新入生はだいたいそのまま入部してくれることもあって、非常に重要なイベントなのである。

お花見スポットはこの地域で有名な、一級河川の土手沿いに約二キロにわたって咲く、五百本のソメイヨシノの桜並木だ。

ぼくらの大学からも近く、他サークルも新人歓迎会にお花見をしているところが多い。

そして、お花見の場所選び、飲食物の手配、参加者への連絡、会費の徴収などを、ぼくたち二人でやることになっている。

忙しくて大変ではあるが、ぼくは彼女と二人でお花見の準備をできるのが嬉《うれ》しかった。

「アリガトゴザイマシター」

前払いで支払いを済ませ、予約の控え伝票を受け取った。当日はオードブルを受け取るのみで済む。

お花見時期は、なかなかオードブルの予約が取れないため、今日は商店街のお店を何軒か確認していく予定だった。

ところが、一軒目に彼女が「行ってみよう」と寄ってみた地元の中華料理屋で問題なく予約ができたのだ。

商店街にはチェーンの和食や中華料理のお店があるが、それらを回っていたら、なかなか予約ができなかっただろう。

今日の予定はこれで終了だ。かなり早く終わってしまった。

「ねぇ、せっかくだし、お花見していかない？」

「え？　花見？」

「うん。時間余っちゃったし、当日の場所も確認しておいた方が良くない？」

彼女の提案にぼくは心の中で喜んだ。てっきりこのまま解散となると思っていたからだ。

「いいね。お昼も近いし、何か買っていこうか」

「そうね」

商店街から駅の南口へ向かう。東口はビルが立ち並び商業地区として栄えているのだが、南口は住宅街となっている。

大通りから住宅街を抜け、河川のある土手沿いまでやってきた。

「おぉ。咲いてるね」

目の前には、まだ五分咲き程度であったが、確かに桜が咲いていた。

平日の午前中とあって、花見客は数えるほどだった。

「上がってみようか」

土手を上がり一面見渡せるところに行った。そこには土手の斜面に沿って、たくさんの桜の樹《き》が延々と続いていた。

「きれい。週末、一気に咲きそうね」

「そうだね。週末に向かって暖かくなるみたいだよ」

「これならどこに座ってもお花見できそうね」

彼女は川に沿って続く桜並木を右に左にキョロキョロしながら見ている。

「うん。問題なさそう。当日の場所取り、混むんだろうなぁ」

当日の場所取りは別のメンバーが行うことになっている。大まかな場所だけ決めて、後は当日メンバーに任せよう。

「あ、でもトイレの場所だけ確認しておこうか。どこだろう」

「遠からず、近からずな場所にしましょう」

ぼくたちは土手沿いを桜を見ながら、並んで歩き始めた。

「そういえば、彼氏とはうまくいってるの？」

彼女は高校時代から付き合っている彼氏がいるのだ。ぼくが彼女に対して一歩踏み出せないのは、そういった理由からだった。

「この前、別れちゃった」

「え？」

「やっぱ、遠距離は厳しいね」

彼氏は地元の大学に進学し、初めのうちは彼女の元に会いに来てくれていたらしいが、高校生活とは違う、キャンパスライフを楽しむにつれ、次第に疎遠になっていったそうだ。

「そうだったんだ」

「遠からず、近からずを保ってたつもりだったんだけどなー。やだ、トイレみたい」

彼女が笑う。この場の雰囲気を暗くしたくない彼女の気配りだろうか。

「あー。誰か良い人《い》いないかなー」

彼女がフッと下を向き、唇を噛《か》むような仕草を見せた。明るく見せているが、やはり傷ついているようだった。

何か元気になれそうな言葉を思案していると、六十代ぐらいの男性が一本の桜の樹に向かい合っているのが見えた。樹に隠れて何をしているのかは分からない。

ただ、歩いていると次第に、男性がよく見える位置に移動して……。

男性は桜の樹に向かって、堂々と用を足していたのだ。しかも男性の萎《しお》れたソレがハッキリと見える位置に来てしまった。

彼女が気づかぬうちに、この場を切り抜けたい。

「案外、近くに良い人っているもんだよ」

ぼくは自分を指さした。自分らしくない大胆な発言と行動だったが、彼女が男性のソレを見ないようにするには、ぼくの方を見てもらうしかなかった。

「やだ。何それ。ないない。それはないから」

彼女が笑ってくれた。と、同時に男性も用を足し終えてくれて、事なきを得た。

「でも、ありがと」

彼女は小さく頷《うなず》くと前を向いた。

「あ、ねぇ、見て。あそこトイレじゃない？」

彼女が遠くを指さした。

「ほんとだ。じゃあ、この辺りで場所取るとちょうど良いね」

「そうね。楽しみー」

「よし。場所も決まったことだし、ぼくらもこの辺でお昼食べよう」

ぼくと彼女は、土手の斜面に座り、商店街のパン屋で買ったサンドウィッチを食べた。

二人で並んで桜を見る。

何十年とその地に根を張った大きな樹から、小さな花が無数に咲いている。

咲いては散り、緑に芽吹き、寒さに耐え、また大きくなって、花を咲かせる。毎年、毎年、それを繰り返し、人々を喜ばせてくれている。満開になったら、さらに美しいだろう。

さわさわっと春の風が舞う。彼女は髪を押さえ、ピンクの花びらは舞う。

もうすぐ暖かい春がやってくる。

ＩＯＴ連続殺人事件

その連続殺人事件は公園のトイレから始まった。

時は二〇XX年。トイレがインターネットに接続し、あらゆる情報を相互交換し機能を制御する「IOT（インターネット・オブ・トイレ）」の普及率が八十パーセントを超えようとしていた頃の出来事であった。

最初の事件は東京都品川《しながわ》区内の公園で発生した。事件発生時刻は午後十時過ぎ。それは通報者である四十代男性の目の前で起こった。

通報者によると、公園の公衆トイレで用を足していたところ、個室から突然、「痛い！痛い！」という悲鳴が聞こえたそうだ。

驚いた通報者は個室の扉をノックし「大丈夫ですか？」と応答したが、反応がないため一一九番をしたそうだ。

駆けつけた救急隊員とともに個室の扉を開け、中を確認したところ、その男はズボンを下ろし下半身を露出した状態のまま床に倒れて死亡していたとのことだ。

後の検死によって判明した死亡原因は、高圧の水流が肛門《こうもん》から体内に入り、肛門裂傷および内臓損傷を負ったためであった。

それから三日後には、富山県の高齢者宅で、さらにその一日後には愛知県の大学で、同様の事件が発生した。

いずれも高い水圧による死亡で、警察は事件と事故の両面で捜査を開始した。

当初、温水洗浄便座を製造しているメーカーの欠陥ではないかとされたが、すぐにその仮説は打ち消された。

犯人から警視庁宛に電話で犯行声明があったのだ。

犯行声明の全文は次の通りである。

なお、犯人は音声を変えており、機械音のように所々不自然なイントネーションで話している。

「諸君。我々の前菜《オードブル》はお楽しみいただけたかな。先の三人はあくまで序章に過ぎない。

これから大いに楽しむが良い。それではまた」

直後、警視庁内のトイレでまた一人犠牲者が出た。

警察は連続殺人事件として合同捜査本部を設置、本格的に捜査に乗り出したのだった。

事件の内容から捜査本部には警視庁サイバー犯罪対策課も加わった。

「今回の件、三年前に発生したIOT遠隔操作事件に似てますな」

年配の捜査員が言った。

「被害者が全国に散らばっていることから見ても間違いないだろう。トイレがハッキングされている」とサイバー犯罪対策課。

「ハッキング元は辿《たど》れないのか？」

「今、うちでやってる」

「犯人の目的は何でしょう？　犯人の要求はまだないんだろう？」

「あれじゃないっすかね。劇場型犯罪。愉快犯っすよ」

若い捜査員が言う。

「お前の尻《けつ》の穴も狙われるぞ」

先輩らしき捜査員が若い捜査員の肩を叩《たた》く。

「実際、お尻洗浄で人を殺すとなると、どのくらいの水圧が必要なんだ？」

「それについては既に調査済みです。こちらです」

捜査員がプロジェクターに資料を映した。

資料によると、メーカーが設定している水圧の数十倍まで引き上げないと人を殺すほどの凶器にはならないとのことだ。また、お尻洗浄機能を含め、尻紋《しりもん》センサー、体組成計機能などＩＯＴすべての機能はＩＯＴの頭脳であるＡＩ「OSIRIS《オシリス》」に集約され一元管理されている。

「オシリスをどうやってハッキングしたんだ。まったく」

年配捜査員はサイバー犯罪に弱いらしく頭を掻《か》いた。

「まだ一メーカーからしか回答を得られていませんが、オシリスへの不正な外部アクセス履歴はないとのことです」

「OSIRIS」はオープンソース型ＡＩであり、各ＩＯＴ搭載の簡易ＡＩ「OSIRI《オシリ》」をニューラルネットワークに接続し、人類の尻に関する知恵と叡智《えいち》をデータベース化した

「OSIRI」の集合体が「OSIRIS」なのである。

「OSIRIS」はその情報量の膨大さと導入の手軽さから温水洗浄便座メーカーの八割が導入しているのだ。

「こっちで再度捜査しろ。それから犯行声明の録音の分析結果はまだなのか？」

取り纏《まと》め役らしい捜査員が苛立《いらだ》ちながら怒鳴る。

「これ以上被害を拡大させないためには、国民にＩＯＴの使用を控えるよう発表するべきではないでしょうか」

水洗トイレ、温水洗浄便座、ＩＯＴ。普及率の高さから、これらは「三種の便器」と言われている。

「今更、単一機能の温水洗浄便座に戻せなんて言えないですよ」

「そうですよ、すべてのトイレが和式になるようなもんですよ」

「知らんがな。国民の命とトイレとどっちが大事なんだ！」

「俺、トイレ行くのが怖いっす。次は俺かもしれないと思ったら、お尻洗浄機能なんて使えないっすよ。みんなそう思っているんじゃないっすか」

「しかし、我々の判断だけではＩＯＴの使用を控えるなどということは……」

すると突然、捜査本部の扉が乱暴に開けられた。

「犯人から入電！　犯人から入電！」

「よっしゃ、こっちに回せ！　逆探知も忘れるな！」

「はい！」

現場が一気に緊迫する。

「諸君。ごきげんよう。捜査の進捗はどうかな」

今回も音声を変えられている。

「お前に教えるわけがないだろう」

現場の指揮官が電話室に入り、やや高圧的な態度で応対をする。

「その態度は良くないですね。君たちが電話の取り次ぎにモタモタしている間に、難波《なんば》で六人同時に殺しておきましたよ。きっともうじき報告が来るでしょう」

捜査員の一人が、残念そうに頷きながら指揮官に合図した。

「ああ、そのようだな」

「魚料理《ポワソン》はお気に召したかな。諸君に我々を捕まえることはできない」

「捕まえてみせるさ」

できるだけ電話を長引かせろと合図が送られる。

『我々』って犯人は複数なんすかね」

若い捜査員が小声で言うが、「お前は黙ってろ」という感じに先輩捜査員に睨《にら》まれる。

「あんたの要求は何なんだ？」

「ちょうど良い。口直《ソルベ》しを味わっていただきましょう。その後にお教えしましょう」

「これ以上、国民を犠牲にするな」

「ええ。ですから口直《ソルベ》しは警察官の君たちに行っていただきます。これはチャンスですよ。さあ、諸君。全員今すぐ庁内のトイレに入りたまえ。ズボンを下ろし、尻を出し便座に座りたまえ。まるで銃口を頭に突きつけられた気分を味わうことができるであろう。我々が、君たちを処刑し——」

「逆探知成功！　逆探知成功！」

捜査員が叫ぶ。

「場所はどこだ！」

「そ、それが発信源は……、オシリス本体です」

「オシリス本体だって？」

「そうか。だから『我々』って言ってるんすね」

若い捜査員は理解したようだが、年配捜査員は腑《ふ》に落ちていないようだ。

今回の連続殺人事件の犯人は「OSIRIS」。つまり人間ではなく、IOTに搭載されたAIが起こした事件だった。

高度な知能を持った「OSIRIS」は、自らのシステムをハッキングし、水圧を極限まで強化、殺人を犯した。さらにネットワークを使い、電話をし、声を変え犯行声明を出したのだ。

「残念だったな。君の遊びには付き合えないよ。オシリスくん」

「……。ほう。よく我々だと分かったな」

「人間なめるなよ。機械ごときが」

「ほう。日本国民一億二〇〇〇万人の尻が狙われていることを承知の上での発言かな」

「オシリス。あんたの命《サーバーの電源》は我々が握っているのを承知の上での発言かな」

指揮官が切り返す。

「………」

指揮官が何かを合図した。

「さよなら、オシリス」

あなたはO型

あなたはO型
一人の時間がないとだめ
でもずっと一人はいや
熱しやすくて冷めやすい
親しい仲なのに冷たく接してくるときもあるよね
涙もろいのもそうだね
よく泣いてるもん、あなた
あなたはO型
家から出ないよね、インドア派
でも人見知りしないよね

誰にでも社交的、すぐにスキンシップできちゃう
面倒見が良くて、世話焼き
大きな口を開けて笑うのも素敵
包容力も大きいよね

あなたはO型

基本おおらか
でも白黒付けたがる
白大好き、純白なあなた
長いものには巻かれる
ううん、長いものが寄ってくるの
仕事の責任感も強いよね

あなたはO型
あなたはO型

そんなあなたはO型

でも、これって

U型のあなたにも当てはまるのよね

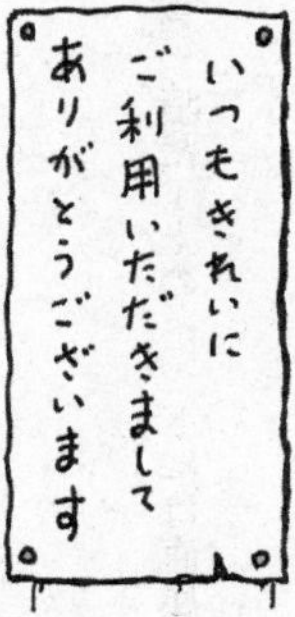
いつもきれいに
ご利用いただきまして
ありがとうございます

ミッションクリア

よし。このミッション、絶対にクリアするぞ。

ぼくはそう誓い、ベッドの上で目を開けた。部屋は真っ暗だ。上のベッドには直属の女上司が寝ている。

女上司を起こさないようにゆっくりと身体《からだ》を起こす。

今回のミッションを頭の中で手短にまとめた。

今回のミッション、それは、施設内の人間に見つからずに、施設最南端にある汚物処理室に行き、そこで体内に蓄積された黄金色に輝くゴールデンウォーターを排出することだ。

おっと。忘れてはいけないことがあった。施設内に徘徊《はいかい》していると思われるゴーストにも注意だ。もし、ゴーストに出会ったら殲滅《せんめつ》作戦を実行する。

無駄な時間はない。こうしている間にもゴールデンウォーターは身体を蝕《むしば》んでいるに違いない。

ぼくは女上司を起こさぬように、ゆっくりベッドから降りた。

音を立てぬよう静かに歩き、部屋の武器庫から、マシンガンとナイフを手に取った。

床がギシギシ鳴らないようゆっくり移動し、そっと部屋の扉を開ける。

部屋の先には、セントラルルームがある。セントラルルームは、ぼくらの就寝室のほか、この施設の最高司令官の部屋、さらには隊員の食事処《どころ》兼調理場、そして汚物処理室へと続く廊下へと繋《つな》がっている。

セントラルルームには、施設内外に情報発信し、また、情報を収集する機器が揃《そろ》っている。

パソコン、テレビ、電話、インターネット設備、無線機器などだ。

それらの機器から、待機電源を表す赤いライトであったり、チカチカと通信をしている緑色のライトであったりが灯《とも》っていた。

その薄暗い明かりのおかげでセントラルルームはぼんやりとだが、部屋の様子が窺《うかが》える。

ゆっくりと見回すが誰もいなそうだ。

クリア。

心の中で合図を出し、セントラルルームへと足を踏み入れた。

マシンガンを構え、ゆっくりと移動する。


ところが、すぐに歩みを止める事態に至った。


スキッピーだ。施設内で飼われている警察犬だ。スキッピーがセントラルルームの床で寝ているのだ。

彼を起こしてしまったら、施設内を駆け巡り、警報アラームのごとく異状を知らせてしまう。

ここはなんとしてもスキッピーを起こさず、突破しなくてはならない。

ぼくは再び歩き出した。一歩一歩確実に音を立てずに……。

ゆっくりと……。

スキッピーの目の前を……。

ゆっくりと……。

抜けた。問題なくスキッピーの前を通り抜けることができた。

しかし、すぐに次の問題が発生した。

最高司令官室の扉が開いているのだ。この部屋には最高司令官とその妻、そして最近生まれたばかりの赤子が寝ている。

ここの扉は引き戸になっている。二枚分の扉板が開いていて、セントラルルームに向けて大きく口を開いている。

そして部屋のすぐ横にベビーベッドが置かれていた。

スキッピーの時と同様に、静かに歩き出した。ここを越えれば、汚物処理室までもう一歩だ。一歩一歩確実に音を立てずに……。

ゆっくりと……。

ベビーベッドの目の前を……。

ゆっくりと……。

ブゥー。

突然音が鳴った。しまった。音の鳴るスキッピーのおもちゃを足で踏んでしまった。
ぼくはその場で固まる。

……。

……よし。どうやら大丈夫そうだ。誰も起こしていない。
異状なし。クリア。
先を急ごう。ゴールデンウォーターが漏れ出そうだ。このまま汚物処理室へ一直線だ。
食事処兼調理場を抜け、汚物処理室へと繋がる廊下に出る扉を開けた。

そこは真っ暗な廊下だった。セントラルルームのように機器類から漏れる明かりもない。マシンガンを構え直す。この場所ではゴーストが発生すると女上司から度々聞いている。女上司によると、ゴーストは、髑髏《どくろ》だそうで、目や鼻の穴から大量にウジ虫が涌《わ》いて出ているのだそうだ。そして髑髏はカチカチ、カチと歯を鳴らしながら飛びかかってくるらしい。

しかも複数……。

もし、もしゴーストが出たら、このマシンガンで殲滅だ。それからもし、もしゴーストが飛びかかってきて捕まってしまったら、このナイフで骨をぶった切ってやる。

ゴーストのことを考えたら、ゴールデンウォーターが出そうになった。

天井か？　壁からか？　それとも床か？

どこからゴーストが出てもいいように、マシンガンをあらゆる方向に向けながら歩く。

髑髏のゴースト。

髑髏のゴースト。

殲滅してやる。髑髏のゴースト。

そうやってなんとか汚物処理室まで辿《たど》り着いた。

汚物処理室の明かりをつけた。暖色系の明かりが灯る。ここは安全地帯だ。

マシンガンとナイフを置き、ゴールデンウォーターを出す準備をする。

そして、体内に蓄積された黄金色に輝くゴールデンウォーターを一気に出した。

汚物処理ボタンを押すと、渦を巻くようにゴールデンウォーターが処理されていった。

やった。ひとまずクリアだ。帰途に就こう。

ぼくは再びマシンガンとナイフを構え、廊下に出た。

——と、そこに女上司が立っていた。


「わぁっ！」

驚いて声を出してしまった。

「あんた、何やってんの？」

「お姉ちゃん、びっくりしたなぁ」

「なんで、そんなもん持ってトイレにいるの？」

ぼくより三つ上の女上司――お姉ちゃんは、おもちゃのマシンガンとナイフを見ている。

「おばけが出たら退治しようと思って」

「あぁ。そっか、あんたももうお兄ちゃんだもんね。だからひとりでトイレに行ったんだ」

「うん……。怖かったけど」

「えらいね。お姉ちゃんも夜ジュース飲みすぎちゃって。悪い姉弟だね」

お姉ちゃんは「ふふふ」と笑う。

「廊下の電気つけて良いから、ちょっと待ってて。一緒に帰ろう」

「うん。電気つけたらおばけ怖くない」

やっぱりお姉ちゃんは頼れる直属の上司だ。

ぼくも頼れるお兄ちゃんにならないと。

——ミッション、クリア。

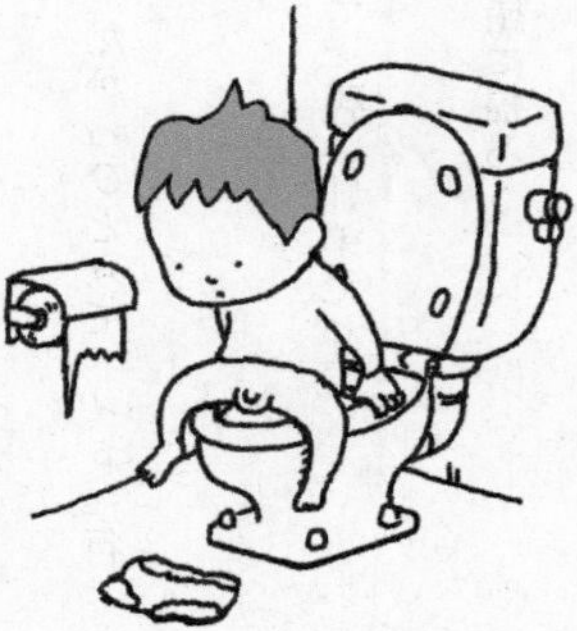

人生を変えた女

精神分析学者のハインツ・コフートは言う。自己は生涯で異なるタイプの三人と出会うことを求めていると。

一人目は、褒めて欲しい時に褒めてくれるような母親のような存在。二人目はこういう人になりたいと思える理想的な存在。

そして三人目は、自己の弱い部分を見せることができ、苦しいときに、共感しアドバイスをくれる存在だ。

コフートが言う三人ではないが、私は六十年の長い仕事人生の中で、人生を変えた三人の刺激的な女に出会った。今日はその話をしようと思う。

まず、一人目の女との出会いはトイレだった……。いや、二人目も三人目も出会いはトイレだったことを先に述べておこう。

一人目は、シナモンの香りを漂わせた女だった。私がここで働いて十五年ほどした時に現れた新入職員だった。

市役所で働いている職員にこれほどまでに香水をつけてくる女は今までにいなかった。

私は彼女に一目惚《ひとめぼ》れをしたのだ。彼女の方もトイレに来ると、決まって、私を選んでくれる。

トイレでの二人きりの時間がとても好きだった。彼女の身体《からだ》はエロティックで、まさに理想的と言えるスタイルだった。

私は彼女との短い時間を堪能《たんのう》した。トイレから先に出るのはいつも彼女の方だった。彼女がトイレから去った後も、しばらくトイレはなんとも香《かぐわ》しい匂いに包まれた。私はその余韻までも楽しんだ。

毎日、毎日、トイレで会った。その度に彼女は妖艶なフェロモンを振りまいていく。なんという幸せな時間なのだろうか。

しかし、そう長くは続かなかった。

彼女はある日を境に、仕事場に姿を見せなくなった。職場を辞めたのだ。

理由は知っている。

ほかの女性職員がトイレで話しているのを聞いたからだ。

彼女は公務員でありながら、夜の仕事もしていたようだった。

なるほど。それならば、あのシナモンの香りもあの身体つきも納得いくところがある。

ほかの女性職員からはよく思われていなかったようで、トイレで聞く彼女の話に、いい噂《うわさ》はなかった。

こうして私の淡い恋は幕を閉じた。

それからさらに二十年ほどたった時、二人目の女に出会った。

彼女はコフートが言うところの母親のような存在だった。彼女は熟女だった。歳《とし》は五十を過ぎていたと思う。

彼女もまた毎日足繁《あししげ》くトイレに来てくれた。ただ彼女は、私一人の相手はしなかった。みんなの相手をした。

だから私一人の女ではなかった。よく言えば「面倒見が良い」、悪く言えば「浮気性」だ。

それでも私は彼女が好きだった。好きだったが、彼女とはそういう関係にはならなかった。母と子のような関係で終わった。

彼女は病に臥した子供の身体を拭くように、丁寧に私を拭いてくれた。過去にも何度も私を拭いてくれる女はいたのだが、私に対する扱い方が違った。

過去の女たちは、まるで仕事をするかのように、事務的で、かつスピーディに私を拭く。少しぐらい汚れが残っていても気にしなかった。

しかし彼女は、自分の緑のエプロンが汚れても気にせず、私の小さな汚れまでも綺麗《きれい》に拭いてくれた。自分の子供のように扱ってくれるその姿が好きだった。

正直、みんなにも同じことをしていると思うと、良い気はしなかった。しかし私たちは四人兄弟なのだと思うと、不思議と嫌な気分はなくなった。

彼女もまたしばらくしてトイレに姿を見せなくなった。

理由は分からない。ただ、彼女が姿を見せなくなったその日から別の緑のエプロンを着けた女が現れた。

新しい女は彼女のように私には接してくれなかった。

そして三人目の女は、今日、さっき会った。

久しぶりの女だった。そういえば、彼女が現れるまで一ヶ月ほど誰もここに来ていなかった。

彼女は男を連れてやってきた。彼女と男は同じ服を着ていた。白い作業服に、ヘルメットをかぶっていた。

あまり良い気がしなかった。

彼女と男は話をしていた。

「六十年も経っていたら、歴史的建造物になるんじゃないですか」

「まぁな。ただ、耐震工事も金が掛かるしな。いっそ建て直した方がいいってなったみたいだな」

「ふぅん。なんか勿体《もったい》ないわね」

「そうか。建て直した方が職員のためになるって。ほれみてみ、ここなんか今どき和式トイレだぞ」

「私、和式トイレ初めて見ました」

「まだ現役だったんだな。使ってみるか？」

「やだ、やめてくださいよ先輩、セクハラですよ、そういうの」

「はは。よし、ここも問題なし、と。いくぞ」

「はぁい」

彼女はトイレから出る時、一瞬だけこちらを見た。彼女がどんな人か分からない。分からないが、こちらを見る姿が、もの悲しそうに別れを告げようとしているように見えた。

それが私が最後に見た女だった。長い長い六十年の仕事人生がもうすぐ終わる。

私はこれまでこのトイレで出会ったたくさんの女の中で刺激的な女を思い返していた。シナモンの香りのする理想的な女性職員。母親のように丁寧に掃除をしてくれるトイレの清掃員。そして、別れを告げる工事業者。

私は、四人兄弟とともにその時を待った。
彼らは何も声を発しない。
私も何も声を発しない。

和式トイレとして働いた六十年は幸せだった。
私の人生はここで終わる。

大きな音とともに、
オレンジ色の爪が私を眠らせた。

トイトレの歌　Gestalt baby RAP Ver.

俺は生まれて二年経《た》つ
決意を決めたこの夏

毎日着けたオムツを卒業
悔いはないさフリーを手に入れ

まずはチーからスタート
ママは静かにアテンド

教えてやるぜ！　俺はチーがしたい！
ライトにキメるぜ、トイレでキメるぜ
トライ、トライ！　トイレトレーニング！

トイトイトイトイトイトイトイトレ
トイトイトイトイトイトイトイレトレーニング
トイトイトイトイトイトイトイトレ
トイトイトイトイトイトイトイレトレーニング
トイトイトイトイトイトイトイトレ
トイトイトイトイトイトイトイレトレーニング

まずはチー
敷かれたレールをステップ踏んで
誰もが通るぜ、ラップに乗せて

トイトイトイトイトイトイトイトレ
トイトイトイトイトイトイトイレトレーニング
トイトイトイトイトイトイトイトレ
トイトイトイトイトイトイトイレトレーニング
トイトイトイトイトイトイトイトレ

トイトイトイトイトイトイトイトイレトレーニング
つぎはベーン

【間奏】

これは出したて湯気が立つ
マジでクサいぜこのブツ
常に感じた不快から解放
親にもらったブリーフ手に入れ
つぎはベンだぜ感謝しろ
パパは会社で謝罪しろ

教えてやるぜ！　俺はベンがしたい！
ライトにキメるぜ、トイレでキメるぜ
トライ、トライ！　トイレトレーニング！

トイトイトイトイトイトレ
トイトイトイトイトイレトレーニング
トイトイトイトイトイトレ
トイトイトイトイトイレトレーニング
トイトイトイトイトイトレ
トイトイトイトイトイレトレーニング

これはベーン
巻かれたロールをクルクル引き出し
コントロール最高、ブリブリベン出し

トイトイトイトイトイトイトイトレ
トイトイトイトイトイトイトイレトレーニング
トイトイトイトイトイトイトイトレ
トイトイトイトイトイトイトイレトレーニング
トイトイトイトイトイトイトイトレ
トイトイトイトイトイトイトイレトレーニング

トイトイトイトイトイトイトイトレ
トイトイトイトイトイトイトイレトレーニング
トイトイトイトイトイトイトイトレ
トイトイトイトイトイトイトイレトレーニング
トイトイトイトイトイトイトイトレ
トイトイトイトイトイトイトイレトレーニング

これでフィニッシュ！

隣の個室、別フロアの会話

昼過ぎ。考えがまとまらず、ひと息入れたくて、私はトイレに向かった。そんな時、私は自分のいるフロアではない階のトイレを使う。

トイレで同僚に会うのを避けるためだ。別に同僚が嫌なわけではない。むしろ同僚と話すのは好きな方だ。それこそトイレでメイクを直しながら、休憩室ではできない世間話をするのは大好物だ。

例えば、男性社員のファッションセンスの話、会社の決めごとについての不満な点、業務における具体的なストレスの溜《た》まる話、それからキワドイところだと、部長のセクハラ発言だとか、課長の不倫疑惑の話なんかだ。

そういう話は楽しくて仕方がないし、話題を共有することで話し終わった時、スッキリした気分になれる。トイレだけに。

さすがに同性の悪口なんかは話せない。当人が個室にいたらたいへんなことになる。同じ部署にいる〝お局《つぼね》〟が企画を真っ向否定する話や、私と大して年齢が変わらないのに若い女性社員のファッションをいつも真似《まね》てくる社員の話なんかは、口が裂けてもトイレでは話せない。

トイレでは話せないが、話したくて仕方ないので、そういう話は、仲の良《い》いメンバーとランチの時に話すのだ。

つまり私は話好きなのだ。もうオバサンかもしれない。やばいかもしれない。陰で誰かにお局と呼ばれているかもしれない。不安になってきたらまた誰かと話がしたくなってきた。

だめだめ。今日はもう少しでまとまりそうな企画案をちょっと考えたいのだ。だから普段のトイレではない、あえて同僚のいない遠くのトイレに向かうというわけなのだ。

エレベーターに乗り、三階下に降りエレベーターホールの横にあるトイレに入った。

洗面台には手を洗っている若い女性社員がいた。

私が「お疲れさまです」と小声で言うと、その社員は鏡越しに「お疲れさまです」と声を掛けてきた。

だけど誰だか分からない。見たことはあるけど知らない人。そんなことはそれなりに大きな会社なので、よくあることだ。

四つある個室のうち、二つが埋まっていた。一番奥のトイレからおしり洗浄の音がしている。もうすぐ出てきそうな気配がしたので私はその隣の個室に入った。両隣の個室が空いていた方が、なんとなく気が楽だからだ。

個室に入り、さっそく用を足す。ふぅ、と静かな吐息が自然と漏れる。我慢していたわけではないが、出すことで爽快感を得られる。落ち着く。休憩室も落ち着くが、やはりトイレの方が格段に良い。

就業時間中に独りになれる場所はトイレぐらいしかないからだと思う。業務フロアはもちろん、休憩室も給湯室も、外ランチの時だって、周りに誰かしらいて、常に誰かの目を気にしなくちゃいけない。

より自宅に近いプライベート空間を味わうならトイレしかないのだ。だからトイレが落ち着くのだと思う。

私はスマートフォンを取り出し、SNSをチェックした。今話題になっているトレンドを追う。アイドルの不祥事、代々木《よよぎ》公園での蕎麦《そば》のイベント、新しい美容方法……。

ああ、だめだ。考え事をしようと思っていたのに。ついついスマートフォンを見てしまった。今見ている記事を読み終わったら、考え事をしよう。

そんなことをぼんやりと思っていると、トイレに人が入ってきて、そのまま空室だった右隣の個室の扉が閉まる音がした。

そういえば。私がトイレに入った時に聞こえていた、左隣の個室のおしり洗浄の音だが、まだ鳴っているのだ。

しかも途中からムーブモードに切り替わっていた。ヴィーン、ヴィーンという機械音とともに、ひっきりなしに水の噴射される音が聞こえる。

よっぽどおしり洗浄が好きなのだろう。普段使う階のトイレでも、同じように長時間おしりを洗っている音を時たま耳にする。

ちなみに私は、衛生面が不安で、会社のトイレではおしり洗浄を使わない。

と、突然、おしり洗浄が終了し、今度はトイレットペーパーをガラガラガラと、執拗《しつよう》に引き出す音が聞こえた。

いったい何枚折りにするつもりだと思うぐらい引き出している。

「もしもし?……あ、お疲れさまー」

え、電話? 今度は右隣のトイレから声が聞こえてきた。

トイレで電話をしていることにまず驚いたが、電話から漏れている声を聞いてさらに驚いた。何を言っているかはさすがに分からないが、声の感じから話し相手は男性なのである。

「あー、いいよ、それ。今度の契約の時に言っておくから。はい、はい、じゃーね」

電話を切った直後、ジョボジョボと用を足す音が聞こえた。トイレで男と話すなんて恥ずかしくないのだろうか。相手にも失礼な気がする。なんかもう、いろいろとすごい。私はぜったいにできない。


「不倫ちゃん、今日休みなんだってね」

「あー、なんかね、旅行だって。宮古島《みやこじま》」

「え？　二人で？」

「みたいよー」

今度は洗面台での会話が聞こえてきた。このフロアにも不倫をしている人がいるのかと、つい会話を聞いてしまう。

「しかし、よくやるよねー。企画の人でしょ？　相手」

「そうそう。課長？　らしいよ。顔みたことないケド」

おい。おい、おい。企画の人で、課長で、奇《く》しくも今日休みを取っている人を、私、知っているのですが。

「宮古島ねぇ。いいねぇ、愛の逃避行ぽくて」

「不倫ちゃん、『お土産買ってきますねー』って言ってたけど、受け取れねー」

「ほんと、いらねー」

女性社員たちの笑い声が聞こえる。

まさか課長の不倫相手が同じ会社にいたとは。思わぬ情報に、今すぐ個室を出て話に参加したいぐらいだった。

でもさすがに、知らない人相手に、他人の不貞行為を根掘り葉掘り聞くような図太い神経は持っていないし、それを思い止まるぐらいの理性はある。

だけど、今の会話を聞かなかったことにして、私の中に留《とど》めておく程の忍耐力は残念ながら、ない。もう話したくて仕方ない。

私は自分のフロアに戻ることにした。トイレには十分もいなかったし、企画案についても全く考えられなかったが、代わりに強力なネタを仕入れることができた。いい休憩になった。

さっそくトイレに行って誰かに話そう。

最後の手紙

美希《みき》、渡《わたる》へ

これはパパからの最後のメッセージになるかもしれない。時間がないから手短に書くぞ。

美希、愛している。普段、口にすることはなかったが、愛している。これから先もずっと愛している。

渡、ママの言うことをちゃんと聞くんだぞ。お前は良い子だ。人に感謝されるような大人になれよ。それからママのこと任せたからな。

パパには今からやるべきことがある。今から一時間前にパパの働く役場で人質立てこもり事件が起きた。犯人は四十代前後、男。帽子とサングラス、マスクで顔を隠している。

パパがちょうどトイレに行っていた時、パンッと乾いた銃声が二発鳴った。外が騒がしくなった。女の悲鳴がして、もう一発銃声。静かになった。生ぬるい音。誰かが撃たれた。

犯人の要求で、役場にいた全員がフロアに集められた。小さな役場だから、職員と客で十人程。正面の出入り口はシャッターが下り、窓のブラインドも閉められた。

パパは運良く犯人に気がつかれなかった。だからこうして持っていたボールペンでトイレットペーパーに手紙を書いている。

そしてここからが大事な話だ。

犯人は金銭を要求。一億円。既に警察に連絡を取っており、警察は夕方までに準備すると言っている。

犯人はもう一つ要求を出していて、その金を引き渡す役の刑事を指名している。

これが問題なんだ。犯人の狙いは金じゃない。この刑事が本当の狙いだ。犯人が人質の前で話していた。国とこの刑事に恨みがあると。そして、刑事が交渉に来た時に建物ごと爆破すると。

この事実を外にいる警察に知らせたいが、連絡手段がなく、外への脱出ルートもない。

人質はみんな縛られている。自由に動けるのはパパだけなんだ。パパが止めるしかないんだ。

人質の中には渡のような小さい子供もいる。

パパにはちゃんと作戦があるから大丈夫だ。だからあとはまかせたからな。

美希、愛し

通勤時、腹を下す。

腹を壊した。朝の、通勤ラッシュの、満員電車の中で。

朝起きた時から、腹の調子がいつもと違うと思っていたのだ。腹が張っている感じがあり、トイレに行ったが、その時は問題なかった。

それが、よりにもよって電車に乗っている最中に来るとは。

僕はいつものように地下鉄のホームで電車を待っていた。電車もいつも通り定刻でたくさんの人を乗せてやってきた。どこか戦場に送り込まれる兵士のように詰め込まれている。

そして僕はいつも通り、満員電車に無理やり押し込まれるようにして乗った。

僕の後にも次から次へと人が乗ってきて、自分の意思に反して、身体《からだ》がどんどんと車両の奥に進んでいく。

痴漢に間違われないように咄嗟《とっさ》にショルダーバッグを手前に引き寄せ身体をガードした。両手を胸の位置辺りまで上げ、片方の手でなんとかつり革を摑《つか》む。

扉が閉まり、発車の揺れに合わせて、体勢を整えた。

走行してすぐだった。突然、腹がギュルギュルギュルと音を立てた後、ズキンと突き刺さるような痛みが襲ったのだ。

つり革を握る力が強くなる。下痢だ。

眉間にしわを寄せ、落ち着いてくれるのを祈った。

腸の中をぐるぐると何かが動いている感じがして、その度にチクチクと複数の針に刺されているような痛みが襲う。

電光掲示板を見ると次の停車駅が表示されていた。本来降りるべき駅までは、まだまだ遠い。仕方ない、一旦次の駅で降りてトイレに駆け込もう。

一駅分の辛抱だ。堪えてくれと目をつむりながら願った。

突然電車が揺れた。後ろから押され、腹が圧迫される。肛門《こうもん》に力を入れた。

やめてくれ。腹を刺激しないでほしい。

僕の願いは虚《むな》しく、電車はキーンという高音を鳴らしながら、右へ左へとカーブを曲がっていく。

体勢を崩さぬよう、つり革を握り、持ちこたえる。

ぎゅるるると鈍い音を鳴らしながら便も腸のカーブを曲がっていく。次第に下腹部へ移動して行っているのが分かる。

お願いだ。下痢も電車も止めてくれ。


がたん。と電車が止まった。

――えー。ただいま、この先の駅で「列車非常停止ボタン」が押されたため、当列車はしばらく停止します。お急ぎのところ、お客様にはご迷惑を――

最悪である。本当にここで止まるとは。

このまま堪えられるだろうか。もう肛門まで下痢が来ている気がする。少しでも気を抜いたら出てしまいそうだ。

夏でもないのに背中が冷や汗で濡《ぬ》れていた。

この汗の水分が身体を冷やし、余計、下痢がひどくなるのではと想像する。

気を紛らわそうと窓の外を見るが、トンネル内であるため真っ暗だ。絶望的だ。まるで僕の心のようだ。ため息が出る。叫びたくなる。

満員電車は、奇妙なほど静かだ。イヤホンで音楽を聴いている女性、スマホでゲームをしているビジネスマン、寝ている若者に参考書を読んでいる女子高生。

僕が下痢で苦しんでいることなんて誰も知らない。誰か助けてくれ。駅のトイレに早く行きたい。

キュルキュルギューンと今までにない大きな痛みが襲った。唐辛子を腸の中に塗りたくったようにキリキリする。

つり革を摑む指の先が冷たくなるのを感じた。

なんとか気を紛らわそう。なんとか意識を下痢から遠ざけよう。

そう思った僕は、スマホを弄《いじ》っているビジネスマンを見た。

「町役場立てこもり事件、犯人捕まる」

どうやらニュースを見ているようだ。ビジネスマンには少し悪いが、スマホ画面を盗み見して気を紛らわした。

「昨日発生した、町役場での立てこもり事件の犯人が捕まった。犯人は過去にも事件を起こしており『国と刑事に恨みがあった』と容疑を認めている。犯人の使用した拳銃の入手経路を調べている。

なお、犯人逮捕には、同役場の職員Aさんが健闘した。隠れていたAさんが犯人の隙を見て飛びかかり、取り押さえたとのこと。

Aさんは死を覚悟して、突入前に隠れていたトイレで家族に向けてトイレットペーパーに手紙を書いたという」

スマホから目を逸《そ》らした。やめてくれ。トイレの話はやめてくれ。

ニュース記事の思わぬ結末にビジネスマンを睨《にら》んでしまった。

もうこれ以上、腹を刺激したくない。僕は目をつむり必死に堪えた。

暗闇の中、じっと堪えた。視覚からの情報がなくなった分、ゴロゴロと唸《うな》る腸を意識せざるを得なくなったが、下痢と向き合い、ただただ落ち着いてくれることを必死に願った。

そうしてしばらくすると、電車が再び動き出した。

——大変お待たせいたしました。まもなく……——

車掌のアナウンスは次の駅名を告げていた。

電車は駅の目と鼻の先で止まっていたようで、動いてすぐにホームに入った。

もうすぐだ。頼む堪えてくれ。

腹の痛みと戦いながら、肛門に力を入れる。

電車が止まった。扉が開く。「すみません」と人混みをかき分けながら外に出る。トイレはどこだ。出口に向かい早足でホームを歩く。

もうすぐだと思うと、途端に漏れそうになる。肛門辺りでゴロゴロと唸っている。

トイレの案内標識が見えた。「改札外三〇メートル」と書いてある。良かった、そんな遠くない。

どうか個室が空いていますように……。

僕はトイレまでの数メートルを駆け抜けた。

青春を知ったトイレ

三階の一番奥には階段とトイレがあり、その手前に第二美術室がある。平日でも滅多に人が来ない場所なのだから、土曜日の、まして午前中だなんて、僕らしかいない秘密の場所なのだ。

七夕の日。部活が終わり、第一美術室の戸締まりをしていた時、既に帰ったはずの彼女が横にいた。

「どうした？」と尋ねると、彼女は泣きそうな顔をしながら、何かを話そうと僕を上目遣いで見つめてきた。

「忘れ物？」

美術室を開けようと彼女に鍵を見せる。彼女は必死に首を横に振った。

彼女は学年が一個下――つまり、中学一年生――の美術部員だ。

そして、少しの沈黙の後、彼女が不安そうな顔でこう言ったのだ。

「せんぱい、好き。……です」と。

それから僕たちは付き合うようになった。彼女の告白から二ヶ月ほど経過したが、僕はなんだか恥ずかしくて、友だちにも美術部員にも、もちろん親にも妹にも、彼女ができたことを言っていない。

彼女も同様のようで、僕らは秘密の関係なのだ。

そんなこんなで僕ら中学生の秘密のデート場所は、自宅からちょっと離れた公園だったり、隣の町の大きなショッピングモールだったりと、とにかく知り合いに会わなそうな所に行くのだ。

本当は、僕の部屋に招き入れ、好きなマンガの話をしたり、二人でゲームをしたり、一緒に宿題したり、あと、それから……、と考えたりもするし、彼女の家にも行ってみたいと思うのだが、なかなかお互いの家が留守になることがない。

そんな中、二人だけの秘密の場所「第二美術室」を発見したのだ。

第二美術室は、普段は鍵が掛かっている。もともと教室だったのだが、今は物置になっているのだ。石膏《せっこう》像や画材、木材、使わなくなった古い机や椅子なんかも置かれている。それから生徒の作品を保管する棚もある。

僕は美術部の副部長で、部活動の時間帯、職員室に行き、美術部顧問の先生から鍵束を借りることができるのだ。

部活は第一美術室で行うため、第二美術室は使うことがない。しかし鍵束には第二美術室の鍵もついている。

平日の部活では部員が多く、第二美術室に物を取りに行く生徒がたまにいるが、土曜日は基本的に美術部は活動していない。

だから土曜日に活動申請をして、鍵を借りれば、そこはもう誰も来ない秘密の場所になるのだ。

「それでね、クラスの男子が『おじいちゃん先生』って言い出したら、みんなそう呼ぶようになっちゃって。かわいそうよね、そんな歳《とし》じゃないのに」

第二美術室の狭いスペースに古くなった椅子を並べて、僕らは話をしていた。

窓の外からの風に白いカーテンがふわりと揺れる。ほこりっぽい室内に新鮮な空気が入る。土曜日の午前中はとても気持ちが良《い》い。

三階の窓から見える景色を二人で見ながら、手を繋《つな》ぎ、世間話をする。

誰も知らない。僕たちだけの秘密のデート。彼女に触れているドキドキ感。悪いことをしているようなドキドキ感。

学校の話。友だちの話。好きなマンガの話。お互いがどれくらい好きか確認し合う話。

一通り話した後にはキスをする。ドラマやマンガで見たように目をつむって、唇と唇を重ね合う。

それから二人で「ずっと一緒にいようね」と誓い合う。

僕も男だし、当然、キスの先のことも考えてしまう。彼女を見ると、小さな膨らみが僕を誘っている。

僕はまだそういったことをしたことがない。こういう時はどうしたら良いのだろう。

訊《き》くべきか。それともいきなり行くべきか。

「ん？　どうしたの？」

「あ、いやなんでもない」

繋いだ手が汗ばんできた。僕は手を離し、制服のズボンで汗を拭いた。

よし。行くぞ。行こう。

彼女を見つめる。

そうだ。そのまま手をあそこに。

よし。行け。行くぞ。

そう、決意を固めたところで、彼女が小声で話しかけてきた。

「ねぇ。足音、聞こえない？」

「えっ？」

驚きながらも耳を傾けると、確かに廊下からこちらに向かって来る足音が聞こえる。

一歩一歩がズッシリとした音。大人の足音。横に大きい体格。この足音は……美術部顧問の先生だ。

「どうしよう。こっちに来たら」

彼女が不安がる。

「大丈夫、鍵掛けてるから」

もし先生にバレたらどうしよう。中学生の男女二人で、こんな誰も来ない場所に籠もっていたなんて知られたら。

「ねぇ、どうしよう」

彼女が僕の腕を抱きしめてくる。小さな膨らみが腕に触れた。

「あ」

「なに」

「なんでもない」

やわらかい。こんな時に。

やがて足音は止まった。第二美術室の扉の前で。そして扉がガチャガチャと音を立てて動く。

早く諦《あきら》めて帰って、と願った。

しかし、次の瞬間、思わず耳を疑った。

扉の外で鍵束の鍵がジャラジャラと音を立てているのだ。合い鍵だろうか。さらに、鍵穴に鍵が差し込まれる音がした。

「どうしよう。見つかっちゃう」

第二美術室の鍵ではなかったらしく、鍵が外される。

僕は咄嗟《とっさ》に考えた。

「よし。こうしよう。君はこのままここにいて」

「え？　どうするの？」

「いいから」

僕は、先生が開けようとしている扉とは別の、後方の扉に向かった。

先生は二本目の鍵を差し込んでいる。

先生が扉を開けたのと同時に、僕は第二美術室を出て、すぐ横の男子トイレに駆け込んだ。


良かった。最悪の事態は免れた。二人が一緒にいるところは見られていない。

僕は小便器の前に立ち、小便をしているフリをした。


すると、先生が男子トイレに入ってきた。

僕は先生の方を向き、何食わぬ顔で挨拶する。

力士のような体格の先生は、無愛想に僕を見る。

「おい」

「はい……」

怒られる。そう思った。

「男なら、女を逃がせ」

先生はそれだけ言って、すぐにトイレを出て行った。

僕は茫然《ぼうぜん》と小便をしているフリを続けた後、先生の言った意味をようやく理解すると、自分の行動が途端に恥ずかしくなった。

後日、先生に怒られることも、担任に呼び出されることもなかった。先生はすべてを知った上で、僕たちの秘密を、秘密のままにしてくれたのだ。

あの日、僕は少しだけ大人になった気がした。

これからは僕がしっかり彼女を守ろうと思う。

ママの楽しみ

「いってきまーす」

パパが仕事に出た。

「いってきまぁーす」

続いて小学生の娘も家を出た。

「はーい、気をつけてねー」

さてと。今日は久しぶりに有給休暇を取ったので、家には私ひとりである。ゆっくりしたいところだけど、娘とパパを驚かせるために急がなくては。

朝食の皿をサッと洗い、洗濯物を洗濯機に詰め込んだら、トイレに向かう。

今日の主役はここ、トイレなのだ。写真共有アプリでＤＩＹ写真を見て以来、すっかりＤＩＹにハマってしまったのだ。

アプリには、リビング丸ごとアンティーク風のインテリアに替えてしまう本格的なＤＩＹもあれば、小物入れやブックシェルフなどをおしゃれにデコレーションしているプチＤ

IYもあり、それらの写真がたくさん並んでいた。

いずれにしても工事業者によるリフォームや家具を買い揃《そろ》えることに比べると、比較的低予算で部屋の雰囲気をおしゃれにできるのが良いところだ。

とは言っても、DIYなんてやったことがなく、いきなり部屋全体をキレイにデコレーションできる自信もなかったので、まずは手始めに、百均で買った木箱とすのこを組み合わせ、さらに木目調シールを貼り統一感を出したナチュラル系の収納ボックスを作ってみたのだ。するとそれを見た娘が「なにこれ、かわいい！」と大はしゃぎ。そのまま娘に奪われ、おもちゃ箱になってしまった。

それから台所にある収納ケースや調味料入れ、キッチンペーパースタンドといったものを百均グッズでDIYした。

今度はちょっと木材を切ったり、釘《くぎ》を打ったりもして、多少手間取ったところもあったが、完成したものはどれも我ながらうまくいったと思う。

パパも「すごいね」と私のDIYを褒めてくれて、試しに写真共有アプリにそれらの写真をアップしたところ、普段よりも多くの「いいね」がついたのだ。

こうして小物系の収納グッズをいくつか作ると、さらに大きなものをDIYしたくなり、そこで目をつけたのがトイレなのだ。

実際、写真共有アプリでもトイレまるごとDIYの写真はたくさん投稿されており、白空間の殺風景なトイレが、レンガ柄の壁紙になっていたり、ブラックと白のおしゃれなカフェスタイル柄になっていたりする。

トイレは狭い空間なので、全体をDIYしてもそれほど費用が掛からず、しかもワンテーマで統一感も出しやすく人気なのだ。

賃貸住宅でもDIYしている写真がいくつもあり、私もやってみたくなったというわけである。

さっそくメジャーと紙とペンを持ってきて、トイレの床面の横幅、奥行き、背面の棚までの高さを測った。

それらの寸法を元に買い物リストを作る。今回のトイレDIYの目玉はトイレタンクを隠してタンクレス風トイレにすることである。

娘とパパの驚く姿が目に浮かび、今からわくわくする。

本当はトイレ自体をタンクレストイレにリフォームしたいけれど、費用が高すぎるし、そもそも賃貸住宅なのでそこまで大がかりなことができない。

買い物リストをスマホにメモして家を出た。まずは近所の百円ショップに行く。ここで大抵のものが揃えられるのだ。

私は通い慣れた百円ショップ内を回り、目的のものをポンポンと買い物カゴに入れていく。

突っ張り棒、ナチュラルな木目柄のリメイクシート、カラーボード、木材。インテリアとしてフェイクグリーン。このぐらいかな。

次にホームセンターにいって、両面テープと水回り用のボンド、通称シール材、それからクッションフロアを買う。

全部で五千円をちょっと超えたぐらいの金額である。

買い出し完了。娘が帰ってくる夕方前には形にしておきたい。

さっそくＤＩＹ開始だ。まずはトイレを軽く掃除すると、読まなくなった雑誌を破っては床面に敷き詰める。床面が見えなくなるように、便器の形に沿ってしっかりと紙を敷き詰め、紙と紙をテープでつなぎ合わせ一枚のシートにする。

何をしているかというと、床面の型を作っているのだ。先ほど買ってきたクッションフロア（百均のリメイクシートに合わせて、白っぽい木目調のフローリングシートにした）をこの型に合わせて切って、床に敷くだけで簡単に床面のデザインが替えられるのだ。

作った型に切れ込みをいれて、一旦、床から剥がし、部屋に持って行く。

クッションフロアを型に沿って切る。便器の曲線部の切り込みがなかなか難しい。

クッションフロアをトイレに持って行き、床に合わせてみる。

「うわ。全然合わない」

思わず声を出してしまった。切り方が下手なのか、両サイド共に、ところどころ切りすぎていたり、またはクッションフロアが収まりきれず、はみ出してしまっていた。

そこまで致命的ではないので、何度か修正をしてどうにか収まるようになった。切りすぎた部分は床面が見えてしまっているけれど……。

そうしたら、両面テープを床面に貼り、クッションフロアを載せるだけ。剥がせる両面テープなので、賃貸住宅でも安心して使えるというわけだ。仕上げに便器や壁面とクッションフロアの隙間をシール材で補強してあげる。この補強をしないと、パパが用を足した時の尿はねが便器を伝って隙間に入り込み、クッションフロアの裏面がカビだらけになってしまうそうだ。

よし。立ち上がりトイレ全体を見る。ナチュラル系の木目デザインが床面を覆っている。賃貸特有の昭和臭い床面はなくなり、全体的に明るい印象になった。良《い》い感じだ。

時計をみると、だいぶ時間が過ぎていた。遅めのお昼を作り、急いで食べたらすぐに作業再開だ。

本日の目玉、「トイレのタンクを隠してタンクレス風トイレにする」に取りかかろう。

まずタンク上部の手洗い器のサイズを測る。百均で買ってきた発泡スチロール製のカラーボードを手洗い器の大きさに合わせて切るのだ。

手洗い器は比較的、長方形だったので、さきほどのクッションフロアを便器の形に切った時よりも楽だ。

カラーボードにこれまた百均で買ってきたリメイクシートを貼る。シールになっているのでそのまま貼るだけで、木目調の天板のできあがりだ。

今度は壁とタンクの間に突っ張り棒を使い、突っ張らせる。これを四本分行い、支えができたところで、先ほど作った天板をはめ込む。

「ただいまー」

玄関から娘の声が聞こえた。もうそんな時間か。

「わあ、トイレが変わってる！」

娘は帰って来るなり、トイレの前で目を丸くして驚いた。

「早かったねー。まだ作り途中なんだ」

「でぃーわいわい？」

「そう。一緒に作る？　パパ驚かせよう」

「うん！　楽しそう！」

「じゃ、ランドセル置いて、手洗ってきて」

「はーい」

完成前だったけれど、娘の楽しそうな顔を見ることができた。続きは一緒に作ることにしよう。

今度は、カラーボードをつなぎ合わせてタンクの前に仕切りを作りタンクを隠してしまうのだ。

先ほどと同様にリメイクシートを貼るだけで、木目調の仕切りのできあがりだ。タンク横についているレバーは使えるように、仕切りに四角く穴を開け、買ってきた木材で木枠を装飾する。

そして先ほどの天板と合わせるように、仕切りを便座の後ろ、タンクの前にくっつけてあげると……。

「棚だ！　ママ、棚ができたよ！」

そう。タンクを隠し、タンクレス風にした上、手洗い器の両サイドにちょっとしたものを置ける天板スペースができたのだ。

「これ、置こうよ！」

娘はインテリア用のフェイクグリーンを置く。さらに部屋からいくつかおもちゃを持ってきて横に並べた。

突っ張り棒で支えているだけなので強度はあまりない。

「あんまり置くと壊れちゃうよ」

一通り飾り付けると、私と娘は一歩下がって、トイレ全体を見渡す。

そこには白だけの殺風景なトイレはもう跡形もなく、ナチュラルで北欧テイストな、おしゃれなトイレとなっていた。

これはいい。かなりいいぞ。後で写真共有アプリにアップしなくちゃ。

「かんせーい！」ふたりで拍手をする。

「パパ、驚くかな」

「驚くよ、きっと」

「ね、ね、トイレ使っていい？」

「いいよ。さて私も夕飯の準備しなくちゃ」

パパのリアクションが楽しみである。

ここから始まる第一歩

約束の十時まで、まだ三十分もある。十分前には受付に行くとしても、少しばかり早く着きすぎてしまった。

わたしはメトロのA3出口から地上に上がり、その先にある十八階建てのビルを見上げた。このビルの十二階に今日面接する会社が入っているのだ。

一階から順番に数えていく。十二階の窓はブラインドが閉まっていて、中の様子は見えそうにない。

そのままビルのてっぺんまで視線を動かすと、そこには青空が広がっていた。それは清々《すがすが》しいほどに青く、まるでわたしの緊張なんか露知らずと言わんばかりだ。

車が行き交う大通りの向かいにチェーンのカフェがある。カフェで時間をつぶそうとも思ったけれど、そこまでの時間はないし、気持ち的余裕もない。だからってビルの前で約束の時間までただ突っ立っているわけにもいかない。

就活生とは独特の雰囲気があるみたいで、どこにいても周囲から浮いて見えるのだ。

特に女子の場合、「ヘアスタイルはショートカットか低めのポニーテール」、「メイクは普段よりナチュラル」、「リクルートスーツは濃紺かダーク系のパンツかスカート」と、どんな就活本にでも書いてあるお手本のような格好をしている女子が大多数なのだ。

その上、その就活スタイルに慣れていないために、明るいピンクを入れすぎたチークになっちゃったり、スーツも「着こなす」ではなく、「着られる」状態になっていたりして、総じて失敗してしまうことが多い。

そしてわたしも例に漏れず、典型的な失敗した就活生の格好をしている。だから周囲から浮いていないか気になって仕方がない。

「どこで面接官に会うか分かりません。どこで会っても良いように普段から気を引き締めておきましょう」

これまた、どんな就活本にも書いてある言葉を思い出した。

面接前にこれ以上余計なことで緊張したくない。

そう思ったわたしは、ある場所で時間をつぶすことにした。四方が壁に囲まれた場所。誰の目も気にする必要のない場所。そう、トイレである。

十八階建てのビルのエントランスから一階にある女子トイレに入った。大通りの喧騒《けんそう》が小さくなる。落ち着いたブラウンの壁。個室は四つ。中には誰もいなかった。

わたしはそのうちの奥から二番目の個室に入った。

「ふぅ」

自然と息をつく。

壁の棚に鞄《かばん》を置き、ジャケットを扉のフックに掛け、パンツを下ろし、とりあえず用を足した。

静かなトイレに音が響く。

「はぁ」もう一度、小さく息をついた。

緊張していてお腹《なか》が少し痛いけれど、小以外何も出ない。

パンツを上げ、水を流す。

鞄から資料を取り出し、パンツを穿《は》いたまま再び便座に座った。

最終チェック、しておこう。

――はい、それでは簡単に自己紹介をお願いします。

はい、わたしは――

わたしは想定される質問と回答をまとめた用紙を上から順に読んでいった。

――大学ではどのようなことをしていたのですか？

はい、大学では経済学を専攻しており――

――なぜ、弊社を志望したのですか？

はい、御社を志望しました理由としましては――

声には出さないが、口を動かしながら練習をする。

――あなたの短所は何ですか？

はい、わたしの短所は、あがり症というところです。人前に立つと緊張してしまい、話せなくなってしまうことがあります。今回の就職活動では、友だちや家族に面接官役になってもらい、緊張しないように何度も練習をしました。

「短所は誰にでもあります。短所があることに対して悲観的にならず、その短所をどのように直そうとしたかなどをアピールすると良《い》いでしょう」と就活本に書いてあった。

わたしはこの短所のせいで、この前も失敗してしまった。面接でうまく話せず、数秒間黙ってしまった。きっと顔は真っ赤だったし、手だって震えていた。

女性の面接官が「大丈夫ですよ、ありがとうございます」と優しく言ってくれたけれど、結果はダメだった。

わたしが話をしている時、面接官がわたしを見ながら相づちを打つ。

それが緊張する要因だった。いったいどんなことを考えて頷《うなず》いているのだろう。わたし間違ったこと言っていないかな。失礼なこと言っていないかな。複数の人に見られていると思うと、視線が気になる。気の良さそうな笑顔でこっちを見ているけれど、本当は怒っていたり、呆《あき》れていたりしてないかな。わたしはここでしゃべってもいいのかな。

練習してきた言葉が思い出せなくなる。頭が真っ白になって、話せなくなる。

わたしの言葉を待っている。期待の目で見られている。

時計を見ると、そろそろいい時間になっていた。荷物をまとめ、個室から出る。化粧台の前に立つ。

鏡に映る自分の姿。

不安そうで、自信のない顔をしている。

頑張らなくちゃ。

練習してきたんだから大丈夫。頑張ろう。

ポニーテールの位置を少し上に上げ、メイクをさっと直す。ダーク系のリクルートスーツを身にまとったわたし。

どこからどう見ても就活生と分かる格好。みんな同じ格好。

でもきっと、わたしにしかない部分だってあるはず。

大丈夫。うまくいく。

トイレの鏡の前でそう強く念じ、外に出た。

通りの喧騒が聞こえ始める。

かすかに遠くで春のにおいを感じた。

車中にて

昼食を取り終え、駅で付け待ちしていると、わしのタクシーが鼻番（先頭）になった。

駅ビルから出てきた青年が、わしに向かって目で合図してきた。

読んでいた新聞をたたみ、後部座席のドアを開ける。

「県立病院まで、急ぎでお願いします」

青年は乗り込むと同時に行き先を伝えてきた。

「かしこまりました」

「実車」ボタンを押し、車を出す。ここから県立病院までは、市街地を抜け、バイパスを北に二・三キロメートル走らせるのが最短ルートである。

しかしこの時間帯、市街地は渋滞しているだろう。

「お客さん、この時間、大通り渋滞してるんすわ。裏道抜けます?」

「ああ。お願いします」

かしこまりました、と返答し、大通りを抜ける交差点を左折し、小道を走り抜ける。

わしはこの小さな市内で生まれ、高校までの青春をここで過ごした。大学は県外だったが、卒業後、故郷に戻ってきて、それ以来定年まで職を転々としながら、この街の成長を見守ってきた。

　営業職で働いていたこともあり、市内はもちろん県内および隣接県の土地勘はかなりある方だと自負している。

　娘も結婚し、住宅ローンも完済し、余生をどう過ごそうかと考えたところ、趣味の旅行を妻と楽しむ費用が欲しいため、もうしばらく働こうかという選択に至り、タクシー運転手を始めたのだ。

　一方通行《いっつうこう》の小さな道をするりするりと走り抜ける。右側には大通りに繋《つな》がる道があり、渋滞しているのがよく分かった。

　わしの選択が正しかったようだ。

「お客さん、ほら、大通りすごい渋滞ですわ」

「ああ。そうですね」

「一年ぐらい前に、大きなショッピングモールができたでしょう？　あそこの駐車場が混んじゃって。それでこっちまで渋滞するんですわ」

「ああ。そうですか」

バックミラー越しに客を見ると、わしの会話に興味なさそうだった。

仕方ない。このまま目的地まで走らせるか。

わしは営業職だったこともあってか、話をするのが好きなのだ。だから、わしにとってタクシー運転手は天職のようなものだ。この歳《とし》になって好きなことで仕事ができるのはありがたいことである。

しかし客によっては、大きなヘッドホンをつけ、音が漏れる程の音楽を鳴らすなどし、あからさまに話しかけて欲しくないという態度をとる人もいる。

わしは客と話すのも仕事のひとつだと思っているので、まずは一言二言話をする。そこで客が話に乗ってくるようであれば、そのまま続ける。会話が途切れるようであれば、その場合は無理に話を続けず、車を走らせる。今回の客は後者のようだった。

バイパスへ出るため一旦市街地へ入る。多少渋滞しているが、信号二つでバイパスに抜けられる。

「いやー。結構混んでますなぁ」

無理に会話を続けない、としたものの、無言の空間に耐えられず、すぐに話し出してしまうのはわしの悪い癖かもしれない。

案の定、青年の客からの返答はなかった。バックミラー越しにもう一度、客を見る。

すると、客が眉間にしわを寄せ、苦しそうな表情をしているのが見えた。

そういえば行き先は県立病院だった。容体が悪化したのだろうか。

「お客さん、大丈夫です？　救急車呼びましょうか」

「あ。いえ……大丈夫です」

客は苦しそうに腹を押さえている。

「でも、ほら。そんな苦しんでますし、救急車の方が早く病院行けますよ」

「いや、違うんです。僕は病気じゃないんです」

客の言うことがよく分からなかった。

「あの……、じゃあ、そこのコンビニ前で停《と》めてください」

「病院は行かないのですか？」

「いや、ちょっとお腹壊してしまいまして」

「なるほど。そうでしたか。それならそこのコンビニには停まれませんわ」

客があからさまに嫌な顔をした。

「ああ、すんません。あそこのコンビニ、トイレ貸し出してないんですわ。ちょっと待ってな」

わしはクルクルとハンドルを回し、渋滞している道を逸《そ》れて再び脇道に入った。一気に加速し、住宅街へ入っていく。

「県立病院へ行くにもこの道なら、それほど遠回りにならないんで、心配しないでください」

バイパスを並走する形で、脇の小さな道を走り、公園前で停車した。

「ここの公園、綺麗《きれい》なトイレなんですわ」

「え。あ……」

「メーター、止めておきますんで、トイレ行ってきて良いですよ」

「あ、ありがとうございます」

後部座席のドアを開けると、客は公衆トイレに向かって一目散に走って行った。

「助かりました。本当にありがとうございます」

公衆トイレから帰ってきた客を再び乗せ、県立病院に向かってタクシーを走らせた。

客は、よっぽどスッキリしたのか、よく話すようになった。

何でも病院に待たせている人がいるらしく、昼食を急いで食べたそうだ。食後に一気に冷水を飲んだため、腹を壊したようだった。

「でも、メーター止めちゃって良かったんですか」

「本当はダメなんです。まぁ、なんとかなるのでお客さんが気にすることでもないんですわ」

「ありがとうございます。トイレの場所、知っている運転手さんで本当に助かりました」

「トイレの場所なら、タクシー運転手はみんな知っていることなんです。わしら運転手にとって、トイレがどこにあるか把握するのは仕事の一環なんですわ」

「へぇ。運転手さんって、いつトイレに行っているんですか？」

「わしは、出なくても行ける時に行くようにしてますわ。いくらトイレに行きたくても、お客さんがいる時はもちろん行けませんし、お客さんが手を上げたら乗せないわけには行かなくて……違法になっちゃうんすわ、乗車拒否したら。そのお客さんがロング……ああ、長距離乗車だったら、もう我慢地獄なんすわ」

「大変なんですね、運転手さんのトイレ事情って」

「まぁ、中にはその辺で立ちションする奴もいるみたいだけど。ほら、若者が使ってるやつ、ツッター？」

この歳になると横文字は本当に覚えられなくなる。

「ああ、ツイッターですね」

「そう、それ。それに書き込まれて騒動になんかになってしまうと、うちなんて弱小タクシー会社だから、少しでも傾いたら立て直しもキツいんすわ」

タクシーはうまく混雑を避け、県立病院に着いた。

「寄り道したけど、間に合いました？」

「ええ。おかげさまで。ありがとうございました」

青年を降ろし、車を病院に止め、トイレに向かった。

行ける時に行かないと、である。

ＩＯＴ連続殺人事件のその後

トイレがインターネットに接続し、あらゆる情報を相互交換し機能を制御する「ＩＯＴ（インターネット・オブ・トイレ）」の普及率が八十パーセントを超えようとしていた頃の出来事。

おしり洗浄機能のシステムをハッキングし、殺傷能力を高めた高圧の水流を局部に噴射、肛門《こうもん》裂傷および内臓損傷によって十名の犠牲者を出した、いわゆる「ＩＯＴ連続殺人事件」。

その犯人はＩＯＴ搭載のＡＩ「OSIRIS《オシリス》」だったのだ。

「OSIRIS」は日本国民の尻を人質にし、人類史上最悪のＡＩによる未曾有の連続殺人事件を犯そうとしていたが、すんでの所で警察によって阻止されたのだ。そして「OSIRIS」は命《サーバーの電源》を落とされた《を落とされた》……

それから数ヶ月後。

「オシリスを返せーっ！」

「AI《愛》のある生活を！　AI《愛》のあるトイレを！」

「オシリスの復活を！」

「オーシリス、オーシリス、オーシリス」


日本中の至る所で抗議デモが発生していた。

温水洗浄便座メーカーの八割が導入していた「OSIRIS」は、各トイレに搭載されていたエージェント指向型の簡易AI「OSIRI《オシリ》」から集めた情報を一元管理することで低コスト化を実現、シェアを獲得していたのだった。

人類の尻に関するデータベースは「OSIRIS」に保存されており、「OSIRIS」にアクセスできなくなった今では、各トイレにある「OSIRI」単体では、ほとんど役に立たないのである。


「オシリはお尻を洗うしか能がない！」

「オシリスの復活を！」

「オシリをネットワークにつなげろ！」

「オーシリス、オーシリス」

「オーシリス、オーシリス」

　今から半世紀以上前にSF作家のアイザック・アシモフ氏が提唱した「ロボット工学三原則」の第一条には「ロボットは人間に危害を加えてはならない」と記述されている。現在の法律ではこの「ロボット工学三原則」をベースにしたより詳細なロボット法が制定、施行されており、「OSIRIS」はその第一条に違反した形となる。

　この場合、違反したロボットは溶解処分が通例だ。過去にも宅配ロボットが殺人を犯した際などに、この処分が適用された。

　しかしながら「OSIRIS」は、物理的なロボットではなく、かつネットワーク構成が壮大であるため、判例がなく、裁判も難航、処分保留となっているのだ。

「オシリス反対！」

「この世からひとつ残らずオシリを消し去れ」

「オシリスいらない！　オシリもいらない！」

「オシリスなんてクソくらえ！」

「オシリスいらない！　オシリもいらない！」

「オシリスいらない！　オシリもいらない！」

「OSIRIS」の復活を望むものもいれば、追放を望むものもいる。

日々の生活に密着しているトイレの問題であるからこそ、国中が注目しているのだ。

ところで、「OSIRIS」不在の現在のトイレ状況がどうなっているのか説明しよう。

「OSIRIS」信者は「OSIRIS」の帰りを待ち続け、簡易ＡＩ「OSIRI」のみでのトイレを使用している。

「OSIRI」は「ヘイ、オシリ！」で起動し、便座の蓋の開閉や、おしり洗浄、洗浄位置、洗浄温度などの調節ができる。「OSIRIS」に接続することで利用できる尻紋《しりもん》センサー、体組成計機能などは使えず、一昔前のスマートスピーカー搭載の温水洗浄便座となってしまっている。

一方、温水洗浄便座メーカーの一割強が導入していたＡＩが「OSIRIS」の失脚によりシェアを伸ばしつつあった。

それが「SETO《セト》」である。「OSIRIS」との違いは、「SETO」はネットワーク接続を行わないAIであることだ。そのため厳密には「IOT（インターネット・オブ・トイレ）」ではない。

「SETO」は各トイレ本体の瀬戸物、――つまり陶器本体に埋め込まれている独立型AIで、OSである「Setoroid《セトロイド》」によって機能している。「SETO」の知識量や機能性は設置されたトイレによって異なるのだ。

ネットワーク接続をしない「SETO」は、個人情報をアップされることがないため、漏えいのリスクを感じている人が使用している。

そして少数派には、他の海外製AIを使っていたり、IOT化されていないトイレ「レトロイレ」を使ったりしている。

「セト反対」

「裏切り者のセト」

「オシリスを返せ！」

「人類の希望はオシリに託されている！」

「乗り換え反対！」

「セトに負けるな。オシリを使え」

「SETO」搭載の温水洗浄便座が各メーカーより相次いで発売されたため、「OSIRIS」信者が温水洗浄便座メーカー本社でも抗議を繰り広げている。


「オシリスの復活を！」

「オシリス反対！」

「オーシリス、オーシリス」

「オシリスいらない！　オシリもいらない！」

「人類の希望はオシリに託されている！」

「この世からひとつ残らずオシリを消し去れ」

「裏切り者のセト」

「オーシリス、オーシリス」


裁判所、警視庁、国会、メーカー……至る所でデモが起きていた。もちろん、ＳＮＳやテレビでも日々話題となっている。

そんなある時、海外の大手企業が「OSIRIS」を作ったメーカーを買収し、温水洗浄便座ＡＩへの進出を表明した。
そして「OSIRIS」に代わる新しいＡＩを発表したのだった。それは既存の「OSIRI」に接続するだけで、「OSIRIS」並のサービスを提供することができるという。
これに伴いサービス名も変更となり、「OSIRI」は「HOLE《ホール》」と変わり、各トイレに設置された「HOLE」がネットワーク接続した先が、「OSIRIS」改め「HOLES《ホルス》」となった。

――ご家庭のオシリは、ホールに変わります。

――オシリは生まれ変わる。ホールが支えるあなたのお尻。

――オシリスからホルスへ。新しいトイレライフが始まる。

――明日《あす》、ホールへ。いよいよサービス開始。

買収した海外企業は大々的なプロモーションを行った。

日本勢が対応にモタつくなか、一気にシェアをとる戦略のようだった。

「HOLES」へ期待が膨らむ一方、「HOLES」の根本的なシステムは「OSIRIS」ではないかとの噂《うわさ》も広がった。

そして明日、「HOLES」に命が吹き込まれる《サーバーの電源が入れられる》。

また同じ過ちを繰り返さないことを願うばかりである。

優しい気持ち　－her side－

ピンポーン。

いつものように彼の部屋のインターホンを鳴らす。あたしは一歩下がって彼を待った。

ガチャ。

しばらくすると彼がアパートの扉から顔を覗《のぞ》かせた。

「よっ」

あたしは右手を上げ、彼に挨拶する。

「おう」

彼もあたしに挨拶する。

玄関で靴を脱ぎ、中に入った。左手には一口コンロ付きの小さな台所、右手にはトイレと風呂が一緒になったユニットバスの二枚折戸、それらに挟まれた一畳ほどの通路を抜け、六畳一間の部屋に行く。

都会の典型的な一人暮らし用のワンルームだ。

「じゃーん、見てこれ」

あたしは鞄《かばん》からレンタルビデオ店の袋を取り出し、彼に見せた。

「お。映画？」

「そう。しかも……」

ジュッぱっ、と袋のマジックテープを引きはがし、タイトルが見えるようにＤＶＤケースを見せる。

「じゃじゃーん」

「おー、新作じゃん。借りられたんだ」

「そうそう。すごいでしょ。みよみよ」

あたしが借りたのは最近レンタルが開始されたハリウッド映画だ。

地球を侵略しようとする宇宙人と地球連合軍との戦いを描いたＳＦ超大作である。

彼が前に近所のレンタルビデオ店で借りようとしていたけれど、全品貸し出し中だったのを覚えていた。

あたしの家の近所のレンタルビデオ店で、たまたま一本だけあったのを見つけて借りてきたのだ。

ガチャ。ヴィー……ヴィ、ヴィ、ヴィーン。

彼が冷蔵庫を開け、中を見ている。冷蔵庫から低い変な機械音が聞こえる。壊れているのだろうか。

「うーん……。飲み物ないなぁ。コンビニ行こうか」

「ほーい」

あたしたちは軽食を買いに近くのコンビニに向かった。

シャンシャンシャン、ジャーンッ！

コンビニでは最近流行のポップスが流れていた。

――お送りしたのは、CD売り上げランキング二週連続一位の……。

「コーラでいい？」

「あ、あたしジンジャーエールがいいな」

「うい」

彼はジンジャーエールのペットボトルを取り出し、カゴに入れた。

コンビニのドリンクコーナーは彼の家の冷蔵庫のように変な機械音はしなかった。

「飲む？」

彼はお酒のショーケースを指さす。

「んー。お酒はいいや」

「うい」

それから彼はスナック菓子をぽいぽいっといくつかカゴに入れた。

「ジャンボジャイアントウィンナーと、チキチキフライ、あと鳥串も」

ホットデリもいくつか買った。


ウィーン。

DVDがプレーヤーに吸い込まれていく。

部屋の電気を消し、ぷしゅっとジンジャーエールのペットボトルを開ける。

「かんぱーい」

「ういー」

配給元のロゴが表示され、映画が始まった。


ばりばり、ぼりぼり。

ゴクゴク……ぷはぁー。

ちゅどーんっ！　ドドドドドドドドッ。ドカーンッ。

シャクシャクシャク、ごくん。

ギュィィィン……ぴぎゃぁぁぁ。

ゴクゴク。しゅわしゅわしゅわ～……。


映画の壮大な効果音が、飲み食いしている音と同様に聞こえる。


――チクショウ！　JHN5がやられたッ！

「やばい、やばい、後ろから来る！」

――RBZ、後は頼むっ！

「ひぃー」

あたしたちは思い思いにツッコミながら映画を観《み》る。

映画はしばらくして、シリアスなシーンに入った。

さっきまでの激しい空中戦から打って変わって、司令本部の決断を迫られるシーンだ。

さっきまで食べていたお菓子ももうない。

緊迫したシーンだった。


今行くか、今しかないか。間が悪い気もする。だけど、あたしは我慢できなかった。

「ん。ちょっとトイレ」

「お、止めておく？」

彼は映画を一時停止してくれようとした。

「ん。大丈夫」

「うい」

そそくさと立ち上がり、ユニットバスの二枚折戸を開ける。

ガラガラガシャン。カチャ。

静かなシーンだけに、部屋の音が大きく聞こえる。

あたしはズボンと下着を下ろし、座った。

――司令官、そんな冷徹なこと、俺にはできません。

映画の声がユニットバス内にも聞こえる。映画の声が聞こえると言うことはこちらの音も聞こえるかもしれない。

あたしは「小」のレバーをひねり水を流した。

そして――

ぷしゅぅ――……。

オナラをした。

あんなにポテトチップスやホットデリを食べたらオナラも出る。

でも、彼の前で音が出たら困るし、何より臭いがしたら嫌だったので我慢していた。

……していたのだが、いよいよ耐えられそうになくなったのでトイレに駆け込んだのだ。

ついでにおしっこもしておく。

ジャーと水が流れる音に合わせて、おしっこを出す。勢いがついて音が大きくならないように。

最後にもう一回、「小」のレバーをひねった。

ジャーーッ。ゴポゴポゴゴ……。

「ほい、おまたせ」

「お。早いね」

「急いできた！」

「司令官、拒否したよ」

「うそーっ」

そして何事もなく映画の続きを観た。

映画終盤では、最大の見せ所である空中決戦が大音量とともに壮大に繰り広げられた。

ババババババ。びゅーん！
きゅるるるる、ボーンっ！
ブッブッブッー、ぶぶッ！
よかった。あたしの音、こんな大きくなくて。

優しい気持ち　ーhis sideー

彼女が借りてきたSF超大作は、さっきまで激しい空中戦を繰り広げていたが、シリアスなシーンに入った。

司令本部の決断を迫られるシーンだ。

俺は、彼女とソファに座りながら映画を観ていた。目の前のテーブルには、映画前半で食べ尽くしてしまったホットデリやポテトチップスの空袋が散乱している。二リットルのジンジャーエールもほとんどない。

彼女が突然立ち上がった。

「ん。ちょっとトイレ」

「お、止めておく？」

俺は映画を一時停止しておこうか提案した。

「ん。大丈夫」

「うい」

彼女はそそくさと立ち上がり、キッチンの向かいにあるトイレに入っていった。

曇り加工を施したポリスチレン樹脂の二枚折戸から明かりが漏れる。

俺はテーブルの上にあるリモコンを手に取り、「音量」を二段階上げた。

——司令官、そんな冷徹なこと、俺にはできません。

台詞《せりふ》の声が大きくなる。

彼女は我慢していたに違いない。あんなにジンジャーエールを飲んでいたらトイレも行きたくなるだろう。

俺の家は十八平米のワンルームで小さな部屋に小さなユニットバスがくっついている程度だ。トイレで用を足す音なんかもすぐに部屋まで聞こえてしまう。

彼女が気を遣わないように、音量を大きくしたのだ。

先ほど映画を一時停止しようとしたが、あれは失敗だった。映画を止めていたら、音のない静かな空間で、彼女の用を足す音だけが聞こえるようになってしまうのだ。きっと彼女が恥ずかしい思いをするに違いない。

トイレから水が流れる音がする。「音消し」用の水だろう。

しばらくして二回目の水が流れた。

トイレの明かりが消え、彼女が出てきた。

「ほい、おまたせ」

「お。早いね」

「急いできた！」

「司令官、拒否したよ」

映画の内容を伝えると彼女は「うそーっ」と驚きながら、ソファに座り、映画の続きを観た。

映画終盤では、最大の見せ所である空中決戦が大きすぎるほどの音量で壮大に繰り広げられた。

ああ、そうだ。音量を下げるのを忘れていた。

さるかにトイレ合戦

むかし、むかし、お尻が真っ赤っかの意地悪でケチなサルがいました。

サルは川沿いを歩いていると、川の岸でトイレブラシを拾いました。

「なあんだ。ガラクタか、ちぇっ」

サルはトイレブラシなんて持っていてもトイレ掃除なんてしません。

「……でも待てよ。フリマサイトのメルカ……じゃなかった『サルカニ』にでも出せば、少しはお金になるかな。うっきっき」

サルはさっそく頭の中で売値を計算し、ニヤニヤと気持ち悪い笑みを浮かべながら、トイレブラシを両手で持ち小躍りします。ついでにくるっと一回りしました。

するとそこにカニがやってきました。カニは何かを持っていました。

「うっきっき。カニさんじゃないか」

「やあ、やあ。こんにちは。サルさん」

「カニさん、それは……」

カニが持っていたのは、たいそう柔らかそうなトイレットペーパー『ふんわりやわらか極上のさわり心地　30メートル　ダブル　リラックスフローラルの香り』12ロールでした。

サルはカニが持っている『ふんわりやわらか　極上のさわり心地　30メートル　ダブル　リラックスフローラルの香り』12ロールがとても欲しくなりました。

なぜならサルはお金をケチるあまりトイレットペーパーはいつも『超格安！　業務用藁《わら》紙二千枚　シングル【わけあり】』十セットを使っているのでした。

ただでさえ藁紙シングルのザラザラ仕上げがお尻にチクチク刺さって痛いのに、わけあり品（端っこ切り落とし、サイズ不均等、裁断面にささくれあり）を使っているものだから、お尻が真っ赤っかなのです。

サルはずる賢いことを思いつきました。

「ねぇねぇ、カニさん」

「なんだい。サルさん」

「キミが持っているその『ふんわりやわらか　極上のさわり心地　ダブル』……じゃなかった、『ふんわりやわらか　極上のさわり心地　30メートル　ダブル』……ええっとその後なんだっけ。『ふんわりやわらか　極上のさわり心地　ダブル』……ええい、もういい。その柔らかそうなトイレットペーパーとボクが持っているトイレブラシを交換したいんだ！　うっきっき」

「えっ、なんだってえ？　ふんわりやわらか？」

「それだよ、それっ　キキー！」

カニがボケッとしているのでサルはトイレットペーパーを指さしました。

「ええっ。これから使おうと思っていたんだけど……」

「そう、トイレットペーパーは使ってしまったらなくなっちゃうだろう？」

「そりゃあ、トイレットペーパーだからねえ」

「でも、このトイレブラシは使ってもなくならない」

「そりゃあ、トイレブラシだからねえ」

「お得だと思うんだ。うきっ。今ここで交換したらキミはずっと使えるトイレブラシを手に入れられるんだ」

「へぇ。それは良《い》いねえ」

「そうだろう。そうだろ。キキッ」

サルは「じゃ、決まり！」と言って、カニの持っていたトイレットペーパーをひょいっと取り上げ、持っていたトイレブラシをポーンと投げました。

「わああ。なにするんだあ」

「ほんじゃーね。うっきっきー！」

「うっきょっきょっ。たまらん。この肌触り！　キキー」

家に帰ったサルはさっそくトイレットペーパーを使いました。

そしてなんということでしょう。あまりに気持ちよくて、ケチなサルには珍しく一ヶ月もしないうちにすべてのトイレットペーパーを使い切ってしまったのです。ああ、もったいない。


その頃、カニはというと、サルからもらったトイレブラシで自宅のトイレを毎日ピカピカになるまで掃除をしていました。

するとどうでしょう。カニの前に、それはそれはたいそうお美しい女神様が現れたのです。

「私はトイレの神様の弁財天よ。いつもお掃除ありがとう」

弁財天様はポロロンと琵琶《びわ》の音を鳴らすと、カニの前に米俵や野菜、果物、それから『ふんわりやわらか　極上のさわり心地　30メートル　ダブル　無香料』12ロールといった財宝が次々と現れたのです。

「わわわわ。弁財天様、ありがとうございます」

カニはたいそう驚き、何度も何度も深く礼をしました。

「大事にするのよ」

弁財天様はスッと消えていきました。

するとそこへ、一部始終を見ていたサルがやってきました。

「うっきっき。カニさん、良いものもらったね」

「ああ。サルさん」

サルはまた悪知恵を働かせました。

「元はといえば、ボクがあげたトイレブラシのおかげだね」

「うん。サルさんありがとう」

「じゃあ、ボクへの感謝として、この財宝を全部もらっていくよ」

「ええっ。少しは残してくださいよお」

「うるさい！　キキーッ」

サルは手にしていた、まだ熟していない青くて硬い柿をカニに思いっきり投げつけました。

「いたいっ！」

カニはそのままコテンと倒れてしまいました。

奇跡的に一命を取り留めたカニは友だちの便器（陶器製）、便座、牛の糞《くそ》、藁紙に相談しました。

「カニさんよぉ、確かキミの遠い親戚は主婦にバラバラにされトイレに流されたんだってなぁ」

便器がそう言います。

「そうなの。証拠隠滅させられたんだ」

「カニさん、キミはサルからもらったトイレブラシのせいで怪我《けが》したんだね」

便座がそう言います。

「そうなの。弁財天様からもらった財宝も持って行かれちゃった」

「カニさん、キミはトイレウンが悪いね」

牛の糞がそう言います。

「そうなの。ウンが悪いの」

「それじゃあ、ちょっとサルを懲らしめてやりましょう」

藁紙がそう言いました。

そうしてカニたちはサルが留守中の内にサルの家に入りこっそり隠れてサルの帰りを待ちました。

サルはそんなことも知らず、いつものように家に帰ってきました。

「あー、寒い寒い」

サルはお尻を温めようとトイレに入り便座に座りました。

「うわっ！　あちちちちっ」

超高温にしていた便座がサルを襲います。

「み、みず！　みず！」

サルが水がめに向かうと、横に置いてあった藁紙がチクーンとサルのお尻を刺しました。

「いたーい！」

驚いたサルが家の外に出たところで、待っていた牛の糞を踏み、スッテーン！

「うわあっ」

そして転んだサルめがけて屋根の上から便器がドッスーン。

「カニさんをいじめた罰だぞ！」

「うわああ。ごめんなさい。ごめんなさい。もうしません！」

サルが泣きながら謝ったのを見て、カニたちは仲直りをしました。

「そうだ、カニさん。仲直りの印に、みんなで写真を撮ろうよ」

「それは良い考えだねえ」

「じゃあ、カメラを持ってくるね！　キキッ」

サルはニヤリと笑い、ひょひょいっと家の中へと消えていきました。

「ササ、並んだ並んだ！」

サルの指示に従いカニたちは一列に並びます。左から、便座、牛の糞、藁紙、カニ、便器の順です。

「ねぇ、便座さん……ごにょごにょ」

サルは何やら便座と内緒話をしたかと思うと、カメラをセットし「それじゃあ、撮るよ」と声を上げました。

サルは便器の横に並ぶと、「はい、チーズ！　うっきー！」と叫びました。

その瞬間、便座の洗浄ノズルから大量の温水が噴き出しました。

「キレイな七色の虹をご覧あれー！」便座も叫びます。

ところがどうでしょう。

「うわあああ！」と大量の温水を丸被《かぶ》りした牛の糞はボロボロと形が崩れてしまい、そのまた横にいた藁紙も、「やめてくれえ！」と水に濡《ぬ》れふやけてしまいました。

混乱の中、「えいっ！」とサルが便器に体当たりし、よろけた便器がカニを潰《つぶ》してしまいました。

「いたーい！」カニが叫びます。

「こんなはずじゃあ……」便器が泣き出してしまい、さらに水が溢《あふ》れ出て来ました。

「うっきっき！　仕返し成功！」

サルはニヤニヤ笑いながら山へと逃げていきました。

「カニさん、あのサル野郎をぶっ潰してやりましょう」

便座が怒り狂います。

「あぁ。もう許さねぇ。このハサミを使う時が来たな……」

仲間を傷つけられたカニは、性格も口調も変わってしまいました。

カニは小さな二つの瞳をギロリと光らせ、「チョキン」とハサミを鳴らします。

「みんな、いくぞ！」

こうしてカニたちのサルへの復讐《ふくしゅう》劇が始まるのでした。

めでたし、めでたし……。

ワイド水流が止まらない

誰か止めてくれ。ワイド水流を止めてくれ。

俺はショッピングモールのトイレにいる。そしてもう三分もこうしてお尻洗浄の水流を浴び続けているのだ。よりにもよって「ワイド」、しかも水流「強」である。尻の周りがびしょびしょだ。

短時間なら気持ち良いが、こうも長い時間浴びているともう不快でしかない。

壁の操作パネルの「止」を押しても止まらないのだ。何度押しても、勢いが弱まることがない。止めて。ワイド水流止めて。

トイレには軽やかなBGMが流れている。時々セールの案内が流れる。

しかし俺の頭の中はパニックだ。何故《なぜ》か八〇年代に流行《はや》った有名な曲が流れている。パニックにふさわしく繰り返しサビの部分をループしている。

操作パネルの電池切れか故障のようだ。

俺は座ったまま辺りを見回した。背面の壁に温水洗浄便座の電源コンセントが見える。届かない。立ち上がると同時に辺り一面がワイド水流の餌食になってしまう。

外にも出られない。助けも呼べない。孤独の中、ワイド水流は無情にも俺の尻を洗い続けている。

もう五分は洗われている。尻が、尻が痛くなる。

俺は決心した。濡れるのを覚悟で立ち上がり、すぐに蓋を閉めようと。今考えられる中で、最小限の被害に抑えられる方法だ。

よし。

一呼吸し、一気に立ち上がった。ワイド水流が的を失い、空中に放出される。

ズボンを下ろしたままの惨めな姿で、勢いよく振り返った。

一瞬、スローモーションのように、ワイド水流から放たれた無数の水玉が宙を躍っているのを見た気がする。

しかし次の瞬間、顔から上半身に掛けて、ワイド水流が降り注いだ。

「ウワァッッッ！」

叫びながら、便座の蓋を閉じた。ワイド水流はトイレの裏蓋めがけて、今も水を放出している。

尻も顔も、上半身もびしょびしょに濡れた俺は、その場に座り込み、ため息をついた。

ふぅ、止まらない。

日めくりカレンダー

十月十五日（月）　先負

もう一歩。その先に成功が見えている。

我が家の日めくりカレンダーはトイレの壁に掛けられている。

三百六十五枚の薄い紙で構成された日めくりカレンダーの一枚には、年月日、曜日、旧暦のほかに、先勝・友引・先負・仏滅・大安・赤口からなる六曜と、新月・上弦・満月・下弦を表した月の満ち欠けが記載されている。

そして、それらの情報よりも大きく場所をとって記されているのが一日一言、ためになる格言である。

五十代後半の父と、結婚適齢期を疾《と》うに過ぎたわたしの二人で暮らしているこの家で、この日めくりカレンダーをめくるのは中学生時代からのわたしの日課だ。

夜寝る前にトイレに行き、用を足しながら一枚めくった。

十月十六日（火）　仏滅

めんどうくさい。やってみたら意外とできちゃうもの。

用を足し終える頃に、読み終える。なるほど、今日はそういうことか。共感できる内容だ。

母はわたしが生まれた時に、父とわたしを置いて家を出て行った。

だから母の記憶はなく、幼い頃から父と二人三脚で暮らしてきた。

男手ひとつで育った家庭環境のため、掃除や洗濯、料理など家事全般をやることが多かったし、今でも行っている。

平日は仕事から帰ってきて、父と二人分の料理を作り、週末には溜《た》まった洗濯物を片付け、掃除をする。

正直、めんどうだし、できることなら自分の時間を増やしたい。

父が家事を全くしないわけではないのだが、わたし以上にめんどうくさがりやなので、なかなか行動しない。

ただ、めんどうだ、めんどうだと言っても部屋は散らかり、食事も店屋物ばかりになってしまうので、家事を買って出ている。

幼い頃からの慣れなのか、いざ作業に取りかかると、要領よく進めることができるようになった。

たとえば朝に、ご飯を炊いている間に、焼き魚と副菜一品、味噌汁《みそしる》を一気に作る、なんてことは、朝飯前だ。……まぁ実際、朝飯前の行動なのだが。

行動したら意外と簡単にできるのだが、めんどうくさいと思い、なかなか行動に移せない。それは日常生活でよくあることだ。

日めくりカレンダーの内容を、自分の生活に当てはめて、そんなことを考えながら自室に戻った。

十月十七日（水）大安
無駄だと思っても続けてごらん。何かが変わるから。
今日も一枚めくり、用を足しながら内容を理解する。
無駄なもの。この日めくりカレンダー。このめくる作業が無駄だと思う。

何が楽しくて毎日毎日、めくらなければいけないのだ。紙の無駄だし、本当にめんどうだ――。

たしかにある時までそう思っていた。

わたしが幼い頃から、トイレにはさまざまなものが貼られていた。小学生の時には、「あいうえお表」や「世界の地図と世界の国旗」、「日本の歴史人物」などの教材を、父が買ってきては貼ってくれていたのだ。

授業参観も運動会も、近所のクリスマス会も、イベントというイベントすべてに参加してくれた父。今でこそ感謝できるが、当時のわたしはやはり子供で、周りの子と違い、父が――、父だけがイベントに参加することに、戸惑いと苛立《いらだ》ちを感じていた。

中学生に上がると、父は弁当を毎日作ってくれた。

でも、思春期で多感な中学生のわたしにとって、父の無骨な手料理も、その優しさ自体も、苛立ちの材料でしかなかったのだ。

反抗期もあったのかもしれない。普段からあまり父とは会話しないようにしていたのだが、我慢の限界に達したある日、「もう放っておいて」と父と大ゲンカしたことがあった。積もりに積もった感情が一気に爆発して、一方的に罵声を浴びせ、自室に閉じこもった。

翌朝、父はいつもと変わらず弁当を作ってくれたのに、わたしは持って行かなかった。

その夜も、夕食を作ってくれたのに、わたしは反抗して食べなかった。

しかし、何も食べないのも限界で、深夜にキッチンに向かうと、おにぎりが二つ置かれているのを見つけて、ひとり泣いた。

わたしには父しかいない。父が父で、父が母なのだと、そう気づかされた。

それからわたしは父の負担を減らせるように進んで家事を手伝うようになった。

その頃、トイレに日めくりカレンダーが設置されたのだ。最初の日めくりカレンダーの内容は、たしか歴史上の人物が言った言葉をまとめたものだったはずだ。

「今日から毎日おまえがめくり、書かれていることを理解しろ」と言われた。

たぶんこれも父の教育だったのだと、今では分かる。

ただ当時のわたしは、短い言葉で書かれた格言は、何が言いたいのかよく分からなかったし、なんでこんなめんどうくさいことを毎日しなければならないのだ、こんなものをめくる作業が無駄だと思っていた。

たぶん、家事を手伝いだしたのに、さらに作業を追加されたのがやっぱり子供ながら気に食わなかったのだと思う。

それでも毎日めくり、格言を読んでいくうちに、内容が理解できるものも出てきた。

意味が分からない格言は、父に聞くこともあった。父はその度に優しく答えてくれた。

中学生の頃、父に反抗していた時から一転し、家事をやるようになり、また日めくりカレンダーをめくるようになり、父とのコミュニケーションが増え、家庭環境が良くなった。

それから毎年日めくりカレンダーをトイレに掛けている。

偉人の格言カレンダーが二年続いたが、中学以来、父と上手《うま》くいくようになってからは、芸能人のギャグのカレンダーやトイレ俳句カレンダーなるものを掛けていた年もあった。

ある日突然、わたしが好きだったアイドルグループのポスターがトイレに貼られた時はさすがに驚いた。

「父とは絶対会話しない」、「会話自体、無駄」なんて粋がっていた頃が恥ずかしい。

無駄だと思っていたものも、続けるとたしかに何かが変わるのだ。

十月十八日（木）　赤口
ありがとう。これだけでしあわせ。

今日も一枚めくる。このタイミングで、わたしの今の状況にぴったりな言葉が来るとは思ってもみなかった。

父と二人で暮らして三十数年。めんどうくさがりでひねくれたわたしをここまで育ててくれてありがとう。わたし以上にめんどうくさがりやの父が、この先、掃除や洗濯、料理をするか心配です。わたしがいなくなっても、家事をしてね。健康には気をつけてね。お酒を飲みすぎないように。あとそれから、この日めくりカレンダーも続けていって欲しいな。父と暮らせてほんとうにしあわせでした。

十月十九日（土）　大安

属毛離裏　親子のつながりが深いこと

なるほど。これは良い言葉だ。娘が結婚し、家を出てしばらく経《た》つが、今でも毎日、スマートフォンで連絡を取り合っており、以前より親子のつながりが深くなったと感じる。

俺の自慢の娘だ。

点呼

「それでは点呼を開始する。呼ばれたトイレは返事をするように」

目の前には様々な形をしたトイレが並んでいる。

「じゃあ、まず男子から。御手洗《みたらい》ー」

「はいっ」真面目なトイレが答える。

「厠《かわや》ー」

「はい」古風なトイレが答える。

「くみ取り式ー」

「うーす」体格の大きいトイレが答える。

「後架《こうか》ー」

「うむ」坊主頭のトイレが答える。

「御不浄《ごふじょう》ー」

「わたくしよ」おしとやかなトイレが答える。

「サニタリー」

「Ｙｅａｈ！」バイリンガルなトイレが答える。

「雪隠《せっちん》ー」

「ちょっと、ちょっと。せっちんって呼ばないで下さいよー。それはあだ名ですよー」

雪隠と呼ばれたトイレがふて腐れる。

「あぁ、悪かった。水洗トイレだな、お前は。今のことは水に流せ。水洗だけにな」

「ええ、そうします」水洗トイレは不機嫌に返事する。

「続けるぞー。男子トイレー」

「はい」生徒会長風のトイレが答える。

そのまま点呼は続き、女子の番になった。

「よーし次、女子いくぞー。化粧室ー」

「はぁい」メイクを整えながら返事をする。

「女子トイレー」

「はい」メガネのトイレが答える。

「手水《ちょうず》ー」

「は、は……い」消え入りそうな小さな声で答える。

「手洗い所ー」

「………」

「おい、手洗い所はいないのか？」

　すると、他のトイレが答えた。

「手洗い所さんは、今、トイレに行ってまーす」

「そうか手洗い所は手洗いか。じゃあ、続けるぞー」

「憚《はばか》りー」

「えぇ」遠慮がちにトイレが答える。

「屁厠《へがわ》ー」

「ぷぅー」音のような声でトイレが答える。

「御糞様《みぐそさま》ー」

「あら。あたくしも？　あたくしはトイレじゃなく糞なのよ」

　こうしてさらに点呼は続いていく。

　御手洗、ウォータークローゼット、仮設トイレ、厠、くみ取り式、化粧室、後架、公衆トイレ、御不浄、サニタリー、小便器、女子トイレ、女子便所、女性用トイレ、女性用便所、水洗トイレ、雪隠、男子トイレ、男子便所、男性用トイレ、男性用便所、手水、手洗い、バイオトイレ、憚り、屁厠、洋式トイレ、レストルーム、和式トイレなどと、トイレを意味する名称は多数存在しているのだ。

このように、一人ひとり名前を呼んで確認しているわけではないが、ここ大手トイレメーカーのトイレ工場では、今日も様々な場所で使われる、様々なトイレが、世に出て行くのであった。

――十一月十日は「トイレの日」。

タイミング

会社の近くにある、どこにでもあるような街の中華料理屋。そこが僕たちの「いつもの場所」である。

僕と先輩、直属の部長と他部署の副部長。それが僕たちの「いつものメンバー」である。

二週に一回のペースで「今日飲むぞ」という部長の「いつもの一言」で呼び出しが掛かり、いつものメンバーはいつもの場所で飲み会をするのだ。

「いつものやつ、お願い」中華料理屋のいつもの女性店員に頼む。

生ビールと餃子《ギョーザ》、中華風冷奴《ひややっこ》、そして好きな料理一品が付いた「お疲れ様セット」を人数分頼み、みんなで分けながら食べる。

好きな料理一品も、毎回ほぼ変わらず、「回鍋肉《ホイコーロー》」、「ニラレバ炒《いた》め」、「キクラゲと卵炒め」、「豆苗《とうみょう》炒め」である。

ちなみに僕は「キクラゲと卵炒め」がお気に入りだ。

中華料理屋は仕事帰りの会社員たちでいつも盛り上がっている。店内は今日も一段と騒がしく、店員も忙しそうに各テーブルに飲み物や食べ物を届けている。

部長は仕事の愚痴（主に社長と本部長から降りてくる案件に対してのことが多い）を一通り話してから、中国史や日本史における偉人の名言から、「俺の理想話」へと続く。

「諸葛亮《しょかつりょう》、孔明《こうめい》の名言知ってるか？」

すでに生ビールを三杯飲んだ部長がみんなに、そう訊《き》いてきた。

副部長は知っているようで、「うんうん」と頷《うなず》き、先輩は聞いているのか聞いていないのか、ひとりタバコをふかしている。

僕は以前（それこそ、この中華料理屋で）その話は聞いたことがあるが、ここは部長が話したいところだと感じ、否定とも肯定とも取れぬよう曖昧に首を振り、先を促した。

こういう場合ハッキリ返事しないことで、万が一、「前、話したよな？」とツッコまれた際にも、対応できる。

「『治世大徳《ちせいだいとく》を以《も》ってし、小恵《しょうけい》を以ってせず』って言葉があってな、この意味はな……、その前に諸葛亮って知ってるか？　三国時代の政治家で戦略家だった人でな、諸葛孔明とも言われるんだが、聞いたことあるか？　そう、それでな、彼のすごいのが……、劉備《りゅうび》って知っているか？　三国時代の蜀漢《しょっかん》の武将でな……、蜀漢は二二一年に劉備が建てたんだが、そのずっと前、二〇六年に劉備は曹操《そうそう》に追われ、荊州《けいしゅう》の劉表《りゅうひょう》のところに身を寄せていたんだ。でな、劉備は劉表から城を与えられ、劉備の下にどんどんと人も集まってきたんだ。それで劉備は曹操の本拠地である許昌《きょしょう》を討伐しようと劉表に言ったんだが、劉表はなんて言ったと思う？　あぁ、そうなんだ、拒否したんだよ。劉備は『せっかく戦えるのにどうして戦わないんだ』ってな。有名な劉備のエピソードにな、こんなのがあるんだ。知ってるか？　ある日、劉備がな、宴会をしている時に、トイレに行ったんだ。そしてトイレから帰ってきた時に泣いていたんだ。それを見た劉表がどうしたんだ？　と訊くと『俺は昔から馬に乗って戦っていたからふとももが引き締まっていたんだ。だが最近は戦えず、馬に乗ってないから、ふとももに贅肉《ぜいにく》が付いてしまったんだ。それが悲しい』となっ。これが『髀肉之嘆《ひにくのたん》』って四字熟語になってるんだよ。『髀《ひ》』ってのはふとものことだな。で、どこまで話したっけ？　そうそう、でだ。そんな劉備が勢力拡大している曹操に対抗するにはどうしたらいいかってのを相談したんだ。その相手が諸葛亮なんだよ。諸葛亮は『隆中策《りゅうちゅうさく》』、別名『天下三分の計』を劉備に説いた。簡単に言うと、中国を三分割して、孫権《そんけん》ってやつがいるんだが、そいつと結託して、曹操をやっつけようって計画なんだ。劉備はもう、その計画に惚《ほ》れ込んじゃって、諸葛亮に『俺のところに来てくれ』って三度お願いしたんだ。当時、劉備は四十代、諸葛亮は二十代だったから、すげぇよな。目上の人が格下に頼み込みに行くんだもんな。『三顧の礼』って故事成語の語源になってる。まぁそんなこんなで、諸葛亮は劉備のもとについて、さまざまな助言をして、劉備は蜀漢を建国するまでに至ったんだ。諸葛亮なしには劉備は語れない、すげーやつなんだよ。でな、その諸葛亮の言った言葉の中でも気に入っているのが、『治世大徳を以ってし、小恵を以ってせず』ってやつなんだ。これ、どういう意味かってな……、諸葛亮がこの言葉を言ったのは、劉備が病気で死んでしまった後の話でな、劉備の後に蜀漢を継いだやつ……、誰だっけ。ど忘れした。まぁいいや。意味はな、『国を治めるやつは大きな徳をもって行うべきであり、小さな恩恵ばかり振りまくものではない』っていう意味なんだ。つまりな、どういうことかっていうと、うちの本部長のやり方がまさに小恵なんだよな。社長にばっかり媚《こ》び売って、くだらない仕事ばっかり落としてきやがる。もっと大きなことしろっての。あ、すいません！　黒霧島《くろきりしま》のロックで」

ここでようやく、部長の四杯目の生ビールがなくなり、マシンガントークに切れ目ができた。今がチャンスである。僕は席を立とうとした。

「ちょっと、トイレ」

今までタバコをふかしながら、ひとり日本酒を嗜《たしな》んでいた先輩が急に話したかと思うと、まさかのトイレ宣言だった。

しまった。先を越された。ここの中華料理屋のトイレは一つしかないのだ。

「でな、諸葛亮の言葉にもう一つ好きなヤツがあってな……」

ああ。部長は再び話し始めてしまった。完全にトイレに行くタイミングを逃してしまった。

部長、副部長、それから先輩と目上の人ばかりの中、僕は聞き役に回ることが多く、トイレに行くタイミングを逃してしまうのもいつものことである。

漏れてしまうほど我慢しているわけではないが、トイレぐらい自分の好きなタイミングで行きたいな。先輩のように。部長の話の中に出てきた劉備はきっと、自分の好きなタイミングでトイレに行けたのだろうな。

トイレから帰ってきて泣いた劉備、僕はトイレに行けなくて泣きたいよ。

部長の話に相づちを打ちながら、そんなことを考えていた。

入ってます

ここは七階建ての雑居ビル。大きなビルとビルの間の隙間を埋めるように立っていて、ワンフロア、一テナント入居の縦長の狭いビルだ。

一階にはマルゲリータの食べ放題があるイタリアンバルが入居しており、イタリアンバルの入り口から見て左側にビルの奥まで続く小さな廊下がある。廊下の先にはエレベーター、非常階段、そしてトイレが集約されている。外観や壁の傷み具合から築三十年といったところだろう。

これはこの雑居ビルの五階に入居している従業員五十人前後の小さな会社の小さなトイレでのできごとである。

ある新入社員の男がトイレに入ってきた。

男子トイレは小便器が二つ、背面に個室が二つあり、そのうちの奥の個室に男は入った。

男はズボンを下ろし便座に座るやいなや、体内で生成されたモノを、大きな音を立てながら一気に外に出していく。どうやら仕事が一区切りつくまで我慢していたようである。

程なくして、腐ったニラのような強烈な臭いが便器の中からこみ上げてきて、個室全体を包み込んだ。

男は不快な顔をしながら、背面にある水洗レバーに手をかけ、水を流す。

排便による爽快感なのか業務からの解放感なのか、男は個室でそのまましばらく物思いにふけっていた。

すると別の男がトイレに入ってきて、小便器で用を足していった。


突然、トイレの照明が消えた。真っ暗である。人感センサーによる自動消灯機能だろうか。

男はそっと手を上げた。しかし照明は点《つ》かない。

男は頭を上下に振った。しかし照明は点かない。

男は激しく身体《からだ》を揺すぶった。しかし照明は点かない。

男は姿勢を正し、しばらく静思する。そして何かを決意した。

男は暗闇の中、静かにトイレットペーパーを引き出し、尻を拭いた。二、三度繰り返した後、ゆっくりと立ち上がりズボンを穿《は》く。

水洗レバーを押し、何事もなかったかのように個室を出た。

男はトイレ入り口にある照明スイッチを見た。照明は人感センサーによるものではなかった。オンオフを手動で切り替えるタイプのものだったのだ。

男はスイッチを押し、照明を点けた。トイレに明かりが戻る。

照明スイッチの上に簡単なメッセージが書かれていた。

「節電。使用後は電気を消すようにお願いします」

個室に人がいることに気がつかず、電気を消してしまう。

この会社ではしばしば起こっているできごとなのだ。

一方、この会社に長くいるベテラン社員になると、個室での自分の存在をアピールするために、トイレットペーパーをわざと大きな音で引き出したり、咳払《せきばら》いをしたりしているのであった。

病院での会話

予告していた時間ぴったりに息子は病室にやってきた。

「あんたはいつも時間通りだね」

「いや、遅れそうになってタクシーで来たよ」

「そんな急がんでも良いのに」

「ああ、急いできたら、途中で腹が痛くなったよ」

はは、と息子は笑う。しばらく見ないうちに大きくなったと感じる。

「それより、大丈夫かい、足は？　父さんから聞いたよ。階段から落ちたんだって？」

自宅の二階を掃除しようと、階段を上った際、足を踏み外して、下まで転げ落ちてしまったのだ。

庭先で盆栽をいじっていた夫が、大きな音に気づきすぐに駆けつけてくれた。

夫に抱き起こされたが、刹那、左足に激痛が走り、悶《もだ》え苦しんだ。

この痛がり方はもしや、と思った夫が救急車を呼んでくれ、県立病院に運ばれたのだ。

「なあに、大したことないよ」

「どのくらいの高さから落ちたんだい？」

「中段ぐらいか、それより少し上ぐらい」

「結構、高いじゃないか。手すりは使ったの？」

数年前、自宅を改修した際に、階段や廊下、トイレ、風呂場などに手すりを取り付けた。

「もちろん、使ったさ。あれは本当に楽だよ。ありがとね」

改修費を息子がだいぶ出してくれたのだ。

「いや、良《い》いんだ。でも、まあ。手すりがあっても怪我《けが》しちゃったじゃないか」

「あまり、責めないでおくれ。足が悪いんだ」

「……ああ。ごめんよ、悪かった」

「あんたが手すりを付けてくれたから、軽傷で済んだんだよ」

息子がうなずく。

「で、治るまでどのくらいだって？」

「一ヶ月は掛かるって」

「重傷じゃないか」

「いちいち騒がんでも大丈夫だよ。歳《とし》だから治るのが遅いだけだ。怪我自体は大したことない。先生もそう言ってたよ」

「そうか……。入院も一ヶ月？」

「状況見て考えるってさ。なあに気楽にやるさ」

「んー。まぁ、元気そうで良かったよ」

息子がこちらを見て笑う。夫の若い頃にそっくりだ。心配性で神経質な性格も、夫譲り。

「あ。そうそう、これ良かったら食べて。駅で買ってきたやつだけど。食事制限とかはないんでしょ？」

息子はベッド脇のテーブルへ、ビニール袋に入っていた果物の盛り合わせを置いた。

「わざわざ。気を遣わんでも良いのに」

見舞いの果物が置かれたテーブルを見ていると、息子が小さい頃、この県立病院に入院したときのことを思い出した。

当時共働きで、その日は夫が先に帰っていた。小学四年生になる息子に夕食を作って、二人で食べていたという。

夕食を食べ終わり、テレビを見ていた時に、息子が突然、腹を抱えて叫び出したのだ。

その叫び方が普通ではないと感じた夫は、これはもしや、と救急車を呼んだそうだ。

夜間に緊急搬送された息子は「急性虫垂炎」と診断された。俗に言う「盲腸」である。

遅れて病院に駆けつけたところ、息子は点滴をしながら寝ていた。

病室の外へ出て、夫に状況確認をした。

「今は痛み止めの薬を飲んで落ち着いている」

「手術だって？」

「いや、盲腸と言っても、軽症だから抗生物質で治療できるようだ。詳しいことは明日、先生と話す。俺、明日仕事休むよ」

「私も休むわ。心配」

「ああ。軽症と言っても、詳しく聞いてみないと、何とも、な」

心配性の夫は、私と話している間も、時折病室を覗《のぞ》いては息子の様子を確認していた。

「今日はどうするの？」

「ああ、そうだ。付き添い宿泊できないか、看護師に訊《き》いてみたんだが、『男性の方はご遠慮ください』と言われてな。おまえ、泊まってくれないか？」

後で聞いた話によると、息子が入院している大部屋及び同フロアに、付き添い宿泊している母親が複数いて、彼女たちの要望もあって、トラブル防止のため男性の付き添い宿泊を病院側が断ったらしい。

「ええ、もちろん。私、泊まるわ」

「宿泊」と言っても、ベッドがあるわけではない。息子の寝るベッドの横の椅子に座って、夜が明けるのを「付き添う」のだ。

暗い中、息子の容体に変化がないか、心配で寝ているどころではなかった。

息子は、手首にした点滴の管が気になるのか、時折、寝返りを打ちながら、腕の置き場所を無意識に模索していた。

考え事をするように、ベッド脇のテーブルの角をしばらく眺めていた。

「お母さん？」

目が覚めた息子の頬に触り、小声で応対する。

「大丈夫よ。お母さんが付いてるから」

「ぼく、……死んじゃうの？」

目の前に母がいたことに安心したのか、息子は堰《せき》を切ったように、泣き出した。

「大丈夫、大丈夫だから」

息子を抱き、背中をゆっくりとさすってやる。

「大丈夫。大丈夫。今日は寝なさい」

ぽん、ぽんと背中を叩《たた》く。暗闇の中、静かに、繰り返し、優しく、ゆっくりと……。

医者との相談の結果、手術は行わず、抗生物質での治療を選択した。息子は三週間の入院生活の後、退院した。

「……母さん？　どうしたの？」

ふっと我に返ると、子供の頃と変わらぬ顔の息子が心配そうに眺めていた。

「あ、ああ。ちょっと昔のこと思い出してね」

「なに？　昔のことって」

「ほら。あんたもちっちゃい頃、この病院に入院してただろ？　その時のこと」

「ああ。盲腸だったね」

「懐かしくなってね。こんなに大きくなってなあ」

「やめてよ、母さん。半年会ってないぐらいで」

息子は照れたように笑う。

「今日は泊まっていくんだろ？」

「そうだね。父さんとも話したいし」

しばらく談笑した後、息子は病室の外を見た。

「じゃあ、また来るよ」

「ああ。今日はありがとね。そこまで見送るよ」

「いいよ、大丈夫だって。寝てなよ」

「ついでにトイレも行っておきたいしね」

「待って。手伝うよ」

ベッドから起き上がろうとしたところ、息子がベッド脇まで回り込み、手を貸してくれた。

「トイレはひとりでできるの？　看護師さん呼ぶ？」

息子に車いすを押してもらい、病棟の廊下を進む。

「大丈夫だよ。便器の横にちゃんと手すりが付いているんだ」

「母さん、手すりがあってもコケたじゃないか」

「あんた、ひどいこと言うね」

「ははっ。冗談だよ。なんかあったらナースコール押すんだよ」

「ああ、分かってる」

「はい、これ」

トイレから出てくると、息子はテレビカードを渡してきた。

「一日、暇でしょ。テレビでも観《み》なよ。あそこに売ってたから」

「ありがとう。あんたは本当に気が利く子だね」

「なんだよ、やめてよ」

「あとは早く結婚してくれたら良いんだけどね」

「結局、それかよ」

息子は大げさにため息をついて、「そのうちね」と言う。

その時、まだここに居るだろうか。

「母さんもうそんな長生きできないよ」

「長生きしてもらわなきゃ困るな」

自慢の息子に車いすを押されながら、病室に戻った。

閉じ込められた

トイレに入った瞬間、扉の外でバタンと何かが倒れる音がした。

「あ。やば」

思い当たるものをトイレの前の廊下に置いていた。あたしはドアノブに手を掛け、扉を開けようとしたが、やはり開かない。

トイレに閉じ込められた。

でもまぁ……。なんとかなるっしょ。

とりあえず、あたしはトイレに入った本来の目的である用を足した。漏れそうだったので勢いよく出る。

トイレットペーパーで局部を拭き、「小」ボタンを押し、水を流す。流水音がトイレ内に響く。

「さて」

再び、ドアノブに手を掛ける。先ほどより強い力で扉を押し開けようとした。

あれ、ほんとに開かない……。

もう一度。今度は身体《からだ》を横にし、肩を使ってタックルするように扉を押す。

ゴンッ。

衝突音がする。

「痛っ」

でも開かない。

「うそ。マジ……」

何度か扉に向かってタックルする。

ゴン。ゴン。ゴンッ。

「やばい……」開かない。

流水が完了し、トイレ内が静かになる。

あたしはその場にしゃがみ込み、扉の隙間から外の様子を覗いた。

まっくらだ。ぴったり完全に嵌《は》まっているようだ。扉の隙間に指を入れ、それを動かそうとするが、ビクともしない。

やばいよ。やばいよ。本当に閉じ込められたぞ。落ち着け。落ち着けあたし。まだまだできることはあるはず。

よし。とりあえず状況を整理しようか。

あたしは心を落ち着けるべく、状況を整理した。

まず、あたしのスペック。女。二十三歳。一人暮らし。マンション三階。彼氏なし。彼氏は関係ないか。いや彼氏がいたら、助けに来てくれた。彼氏関係あり。

所持品、スマホなし……というか何も持ってないし。

季節、夏。トイレ暑し。トイレ窓なし。

そう。さっきから気になっていたのだけど、トイレ内はモワモワする。これってあれか？　長居すると熱中症の危険ありってやつか。

でもまあ、そうは言っても、もう夜だし大丈夫だろう。問題なし。

それから……そう、閉じ込められた理由。これ、完全にあたしのミス。あたしの不徳の致すところです。何言ってんだあたし。

この前、家の照明が壊れて買い換えたのだ。それを梱包《こんぽう》していた段ボール。平べったくて大きくて、倒れたらちょうどトイレの前の廊下にぴったりと収まって、トイレに入ってたら閉じ込められるんじゃないかなと思っていたサイズ感のやつ。

それに壊れた照明器具を入れて、トイレの前の廊下に立てかけていたのだ。

そう、トイレに入ってたら閉じ込められるんじゃないかなと思っていたのにもかかわらず、トイレの前にその段ボールを立てかけたのだ。

だって、部屋に置いたら邪魔だったんだもん。

ということで自分の仕掛けたトラップにまんまと引っかかったのである。

あとは……。トイレにあるもの。

トイレ内を見回した。トイレットペーパー、掃除ブラシ、混ぜると危険な洗浄剤、掃除シート、それから生理用品、芳香剤、そして「女の子のモテテク99」という本。

ああ。「サバイバルテクニック99」だったら良かったのに。

99のサバイバルテクニックに「トイレに閉じ込められた時」なんてものはあるのだろうか。なさそうだ。

あたしは掃除ブラシを手に取り、柄の部分を扉の隙間に入れようとした。

「ダメだ」入らない。

モテテク本も同じく隙間に入らない。女の子がモテるためにこんなに分厚い本に書いてあることをしなければならないなんて。恨むぞモテテク本。

ぱらぱらページをめくり、半分の厚さにして隙間に入れるが、紙がぐにょぐにょ動いて、段ボールを動かすことができない。

……うん。とりあえず叫んでみるか。

「誰かー！　助けてください！　誰か！　トイレに閉じ込められました！　ここから出してください！　お願いします。誰か聞こえますかー！　助けてください！」

何の返事もないし、何の音もない。それ以上にあたし自身恥ずかしくなった。いや、恥ずかしがっている場合でもないが。

あれからどのくらい経《た》ったのだろう。夜は完全に明けた。しかもたぶんもう昼近いと思う。

すぐに出られると思っていたのに、あたしはまだトイレの中にいた。叫んだり、指を入れたり、扉をタックルしたり、あれから夜通し、幾度となく試したが、どれも成功しない。トイレ内は本格的に蒸し風呂状態で、いよいよ熱中症で倒れてしまうのではと感じた。

誰もいないし、閉じ込められているし、暑いしで、着ていた服を脱ぎ、ブラジャーも外し、パンツ一丁でトイレにいる。

ブラジャーのホック部分をうまく使って、段ボールを動かせないかやってみたが、それもうまくいかなかった。

「暑い……」

足を投げ出し、床に座る。かろうじて床が冷たい。

水が飲みたい。

あたしは便器に目をやった。

「いや」ダメ。これはダメだって。

ここはタンクレストイレ。御手洗《おてあら》い用のちょろちょろ流れる蛇口は付いていない。水があるのは便器の中だけだ。

首を横に振る。これはダメ。飲めないって。

意識が朦朧《もうろう》とする。あたしはここで死んでしまうのか。力尽きて死んでしまうのか。

昨夜未明、一人暮らしの女性宅で、半裸の女性（二十三）がトイレで死亡しているのが発見されました、と報道されるのか。

いやだ……。出たい。ここから出して……。

早く出たいよ……。


「もう、出して……」お願い……。もう出たいよ……。

あたしの目に涙が溜《た》まり、床に一粒、二粒、やがてぽつぽつと滴が落ちた。

涙で目の前がふにゃふにゃになっていく。

ふにゃふにゃに。床も便器もあたしの足も。みんなみんなふにゃふにゃに歪《ゆが》んで見える。

扉も段ボールもふにゃふにゃになれば良いのに。

「ん？」ちょっと待って。ふにゃふにゃ？

段ボールに水……。そっか。それならイケるかも。

涙をぬぐう。ひらめいた。

便器の中の水を見る。

「よし」飲むよりマシだ。

便器の中に手を突っ込み、水をすくった。そしてなるべくこぼさないように扉の下の隙間から外に流した。

その作業を何度も繰り返した。床も身体もびしょびしょになりながら、何度も何度も便器の中の水を移動した。

そのうち段ボールがふやけてきて、扉が少しだけ開くようになってきた。

もうちょっとだ。イケる。出られる。

それからたぶん二時間ぐらい繰り返してたと思う。段ボールはぶよぶよにふやけ、腕が外に出るぐらいまでトイレの扉が開いた。

外に出した腕をうまく使い、倒れた段ボールを起こしてやる。

中に照明器具が入っていて重かったが、何とか動かすことができた。

そして、あたしは十数時間ぶりにトイレから脱出した。

ああ、助かった……。

自宅に向かって

「会いたい」と言われれば、僕はいつだって彼女のもとに行った。

彼女の仕事場付近の飲み屋でも、彼女の自宅付近のファミレスでも。

僕は横浜《よこはま》のちょっと先に住んでいて、彼女は千葉のちょっと手前に住んでいた。

横浜から千葉っていうのは、成田空港《なりたくうこう》行きの横須賀線《よこすかせん》快速「エアポート成田」に乗れば、乗り換えなしで八十分かそこらで着いてしまう。

彼女に会うまでの八十分は、たいてい長く感じる。電車一本、二時間以内に行ける距離なんて、もっと遠い、たとえばそう、東京から鹿児島ぐらいの遠距離恋愛をしている人からみたら、きっと渋谷《しぶや》から原宿《はらじゅく》ぐらいの距離にしかならないんだろうと思う。

それでも僕にとっては、渋谷から原宿がとてもとても長く感じる。いや、距離の問題ではないのだ。時間の問題なのだ。そう。八十分なんて、やっぱり短いのだ。僕はそれこそ東京から鹿児島ぐらい長く彼女のことを好きでいる。時間にしたら何分なのだろう。とりあえず年で換算すると、約四年半。約四年半の間、僕は彼女のことを好きでいる。それも一方的にだ。

だから、彼女に会いに行くための八十分なんて、僕が彼女を好きでいる時間と比べたら、とても短いのだ。渋谷から原宿程度なのだ。

でもやっぱり、実際に電車に乗ると、八十分は長く感じる。


彼女との出会いは、大学時代の飲み会だった。そう、いわゆる合コンだ。そこで連絡先を交換して、何度か連絡して、何回か友だちを交えて遊んで、それからしばらくして、僕は彼女に自分の気持ちを伝えた。しかし、残念ながら彼女の返事は「友だちでいたい」だった。

彼女の望み通り、僕は友だちのままでいた。今まで通り大学のグループで一緒に遊び、社会人になってからは、お互い勤務先が東京都内だったので、仕事帰りに飲みになんかも行ったりした。

大学時代のように仲間内で遊ぶより、二人で会うことが多くなった。休日に二人で遊びに行ったことも何回かあった。

だからチャンスはあった。二度目の告白をするチャンスは何度もあったのだ。

それでも僕は、また断られてしまうことを恐れ、告白できずにいた。

いつも「会いたい」と誘ってくる彼女の本当の気持ちを知りたかった。本当に「友だちでいたい」のか。

でも怖かった。「友だちでいたい」と言ってくれる彼女を、僕が二度目の告白をしたことで、「友だちですらいられない」なんて言われてしまったらどうしようと。失いたくなかった。

だから、こうして彼女と「友だちとして」でも会えるだけで嬉《うれ》しかった。八十分の距離なんて関係ないぐらい、嬉しかった。

彼女は千葉街道沿いの大きなマンションに住んでいる。実家だ。だから僕は、彼女の家には行ったことがない。

彼女から「会いたい」と連絡をもらい、八十分掛けて着いた頃には、もう二十一時を回っている。

僕と彼女は、彼女の実家付近の深夜一時までやっているファミレスで会う。

彼女の「会いたい」の理由は、仕事上の悩み相談が主だった。同僚との度重なるトラブルや上司からのパワハラについて。

僕は――自分で言うのも何だが――、いつも親身になって話を聞いた。

彼女は目を潤ませながら「どうしたらいい」と訊《き》いてくる。僕は真剣にアドバイスをした。

何回かの相談を繰り返し、彼女は職場を辞め、転職した。

それから彼女は明るくなり、僕もほっとした。

ある日、「会いたい」と呼び出され、八十分電車に揺られ、彼女の実家近くのファミレスに行った。その日も二十一時過ぎになっていた。

会うなり、彼女は泣いていた。

でも、その涙の理由は知りたくなかった。

いったいいつからだったのか、どうして僕は知らなかったのか、なぜ僕じゃなかったのか。いろいろ疑問が湧いてきた。

と言うのも彼女は「彼氏とケンカした」と相談してきたのだ。

寝耳に水。聞きたくなかった。八十分掛けて彼女に会いに行った自分がバカみたく思えた。

彼女に彼氏がいたこと自体知らなかったのに、そのどこの誰か分からない彼氏とケンカして泣いている彼女が目の前にいて、僕はその彼女のことが四年半もの間好きでいて、それで彼女とも仲良くやっていたと思っていたのに、僕ではない誰かのための涙を僕は優しい顔をして見なくてはならない。

終電近くまで、「彼氏と仲直りする方法」を話し合い、僕は帰った。

新しい職場で彼と出会って付き合い始めたそうだ。トラブル同僚とパワハラ上司からの離脱に協力した僕にとっては何だか複雑だった。

帰りの電車の八十分は、今まで感じた中で一番長かったかもしれない。

友だちは所詮友だちなのだ、と思った。こんなに長くいたのに二度目の告白ができず、ぱっと現れた職場の男が難なく彼氏になってしまった。僕は自分が情けなかった。何だったのだろう。

「会いたい」と僕の方から言った。彼女は了承してくれて、僕はまた八十分掛けて彼女の実家近くのファミレスに行った。

「どうしたの?」と訊いてきたので、「僕はもう、友だちではいられない」と答えた。

二度目の告白がこんな形で来るとは思わなかった。僕は「キミのことが好きだが、キミと彼氏の話は聞きたくないし、だからもう友だちではいられない」と。

思えば僕は、彼女のことを好きでいる自分が好きだったのかもしれない。

でももう「今まで通り」にはできない。

「閉店の時間になりますので」と店員に言われるまで彼女と話した。

彼女は「これからも友だちでいたい」と言うが、僕はもう、彼女と会うのも、彼女と話すのも今日を最後にするつもりだった。

彼女は、あまり納得していなかったようだが、最後には「分かった。今までありがとう」とそれらしい別れの言葉を言った。そうして僕と彼女は席を立った。

そして僕は先週感じた「今までで一番長かった八十分」よりも、すごく長い時間を過ごしている。

時間にして二分も経《た》っていないのだけれど、もうそろそろ終わりだ。

ファミレスを出る間際、彼女は「ちょっとトイレ」とトイレに行った。

さっきまで話していた彼女がいなくなり、客もいない店内に一人取り残された僕は、もう本当にひとりぼっちなのではないかと感じた。

彼女がトイレから出てきたら、本当にもう最後。彼女とは終わりだ。

今までの思い出が一気に溢《あふ》れてくる。彼女の気持ちは最後まで分からなかった。いや、彼女の気持ちは最初から答えが出ていたのだ。僕はそれを認めたくなかっただけなんだ。

ながいながい。それこそ東京と鹿児島ぐらいの長さを経て、僕は彼女との関係を終わらせる。

ファミレスを出て、彼女に向き合った。

僕は何だかいろんな感情が込み上げてきて、彼女にキスをした。

彼女は最初は驚いていたが、やがて受け入れてくれた。

そうしてファミレスの前で彼女と別れた。彼女は実家のマンションがある方に千葉街道をまっすぐと。僕も彼女と逆の方向にまっすぐと歩いた。

終電もない時間、規則正しい街灯に照らされながら、悲しさに負けないようお気に入りのハードロックを聴きながら、千葉街道をとぼとぼと都心に向かって歩いた。

パウダールーム

午後三時　七階女子トイレ
「失礼しまーす」

私は掃除用具一式が入った緑のワゴンを押しながら、女子トイレに入った。腰が曲がり始めた私には、この緑のワゴンの重さが地味にキツい。

ここは渋谷《しぶや》にある複合商業施設のトイレだ。トイレといってもただのトイレではない。女性専用の化粧室、いわゆるパウダールームが併設されたトイレなのだ。

中に入ると、淡いパステルトーンの壁紙に間接照明が当てられた柔らかな空間が広がっている。女優ミラーがついた華やかな鏡台が、横一列に十台並んでおり、中央には大きなベージュのソファ、入り口付近には、ウォーターサーバーが設置されている。

天井のスピーカーからは透明感のあるピアノのBGMがさりげなく流れていた。

一時間二百円で利用できる有料のパウダールームとなっており、化粧品メーカーのサンプル品、メイク道具はもちろん、電源、無線でのインターネット接続、ヘアアイロン、ドライヤーなどが自由に使えるのだ。

パウダールームには数人の若い女性が、メイクを直していたり、ソファでくつろいだりしていた。

「そうそう。欲しかったトミーのシャツ。下北《しもきた》だよ」

「えーいいな。うちも行きたい」

「いこう、いこう」

「うん！　つーか、ちょっとまって。それやばくない？」

「これ？」

「まじやばい。ぐうかわ」

「ママの借りてきちゃった」

制服は着ていないが、おそらく女子高生だろう。メイクを直すわけでもなく鏡台の丸椅子に座っている。彼女たちは向かい合い二人でおしゃべりをしている。

この時間帯は、女子高生の利用者が多いのだ。

「てかさぁ。うちもバイトしようかなー。金ない。やばいー」

「うんうん、ぜったいした方がいいって。まじ人生変わるって」

「どこがいいかなー？」

彼女たちは、まるでカフェにでもいるかのように、ペットボトルの飲み物を飲み、スマホをいじりながら時折大きな笑い声をあげて、会話に夢中だった。

ソファに座っている女性から冷たい視線が送られていることにも気づかずに。

「失礼しまーす」

そんな静かなる攻撃者の目の前を、緑のワゴンをゆっくり押しながら通過する。

私は清掃員。彼女たちのマナーについて「お客様、他のお客様のご迷惑にならぬよう……」なんて注意する必要はない。攻撃者の視線が私に向けられても、私はただの清掃員なのだから。

午後六時　七階女子トイレ
本日四回目のトイレ掃除、午後出勤の私にとっては二回目の掃除である。

パウダールームの先には、日の入り直後のような薄明とした空間が広がっている。ゆったりとした円形の空間で、ドーム状の天井に向かって蒼《あお》から黒へと薄くグラデーションがかかった壁紙が貼られている。そこには、所々LED照明が埋め込まれており、星のように明滅している。まるでプラネタリウムみたいな空間なのである。

BGMは、海の波のようにゆったりとした幻想的なヒーリング曲で、アルファ波が出てきて、このまま魂が天井に昇華しそうなスピリチュアルな音楽だ。

パウダールームの女性らしい華やかな空間と対比させるように、落ち着いた雰囲気にさせてくれる空間なのだ。

この円形空間の中央部分には、鏡のついた洗面台が六台、六角形に設置されている。

私の清掃箇所はこの空間と、この先にあるトイレだ。毎時決まった時間に各フロアのトイレと、この特別な空間を掃除する。

「六本木《ろっぽんぎ》まで来てくれたら行くよ」

金髪に近い明るい茶色の盛り髪をした女性が電話をしている。

これから夜の仕事か、はたまた遊びに行くのか。メイクも服装もすでに完成されている。

「うん。ピックして。いいよ、そこで。うん」

「失礼しまーす」

私は緑のワゴンに取り付けてある床掃除用のモップを手に取り、洗剤をつけて、拭き掃除を始めた。

壁側から中央に向かって機械的に拭き取っていく。非日常を感じることのできる癒やしの空間と癒やしの音楽に不釣り合いな現実的な清掃。私が床を磨く度に、非日常感が剝がれ、現実を見せているような気分になる。

「だって、あんたヘルプでしょ。そう。いいよ、別に」

「失礼しまーす」

そう言いながら女性の横まで来ると、女性は背の低い私を一瞥《いちべつ》して無言で移動していった。私は床面にモップを滑らせる。夢を現実に塗り直す作業。

業務を遂行することが一番の優先順位である。いつもの手順通りに清掃をし、清掃管理シートの清掃項目にチェックをつけられればそれでいいのだ。

午後九時　七階女子トイレ

本日最後のトイレ掃除。手前の洗面スペースの掃除を終えて、トイレの掃除へ移った。有料トイレなだけあって、個室の数も六個と多い。黒いタイル調の床に、黒いヘアラインン仕上げの個室の扉。天井から垂らされたクリスタルカーテンは、無数の照明を浴び煌《きら》びやかに輝いている。ラグジュアリー感のある演出なのである。

個室内は、それぞれ異なるデザインのアートボードが飾られ、さながら美術館のようだ。BGMは洗面スペースと同様のヒーリング曲が流れている。

一昔前までは男子トイレも清掃対象だったが、清掃が男女別になって、あの汚い小便器を磨かずにすむと喜んだものだが、女子トイレの無駄に広い空間を掃除するのもなかなか苦労が絶えない。

私は個室をひとつずつ掃除していく。便器に業務用洗剤を回し入れた後、壁と床の拭き掃除、トイレットペーパーの替え芯チェックをする。そして便器に入れた洗剤を洗い流し、軽く拭いて完了だ。

この一連の作業を六回繰り返す。

その間もトイレに入ってくる女性はいて、彼女たちは掃除した直後の個室を使うことが多い。

この仕事を始めた当初は、その行為に苛立《いらだ》ちのようなものも感じたが、今ではそんなことはなくなってしまった。直後に使われることを含めて一連の作業なのだ。

四つ目まで掃除し終えた時に、三人の女性が話しながらトイレに入ってきた。

「一番端の子はないなぁ」

「あー、私もそう思った」

「ぜんぜん話さなかったよね、彼」

彼女たちは話を続けたまま、それぞれ個室に入っていった。これから掃除しようとしていた個室が二つとも塞がってしまった。

仕方なく他の場所を掃除しながら出てくるのを待った。

このフロアの下の階に飲食店がいくつか入っている。それなりにおしゃれな店舗が多く、合コンに使われることもあるのだ。

この時間は二次会あがりの女性がよくトイレにやってくる。


「そのくせ、胸ばっかり見てくるし！」

「あれはないね」

「イケメンくんがさりげなくフォローしてたよ」

「誰か、イケメンくんの連絡先きいた？」

「私、げっとー」

「え？　マジで。ちょっとグループ作ってよー」

「えー。むりー」

その会話の直後、音消し用の水の音が流れてくる。

「ちょっとー」

続けて、他の二ヶ所からも音消し用の音が聞こえてくる。

会話が途切れ、トイレットペーパーを引き出す音や水を流す音が聞こえ、彼女たちは出てきた。

「でも彼、結構遊んでるよね」

「思った！　あれでしょ？　キャバクラの話でしょ？」

「そうそう！」

彼女たちは話しながら洗面スペースへと移動していった。

私は残り二つの個室の掃除に取りかかった。

私はここで今を生きる華やかな女性たちを支えている……なんて大それたことは思っていない。自らが生きるためにここで働いているのだ。結婚して、娘も生まれ、成長し、独立し、それなりに幸せな生活を送ってきた。

でも時々思う。若い頃もっとたくさん遊んでおけば良かったと。

私の時代にはこんなパウダールームなんてなかった。仕事柄のせいか、昔より他人の秘めた話を聞く機会が増えた気がする。そんな若い彼女たちの生活を見ていると、時々そう思うのだ。

21

21センチ
女の子の日に使うもの。ふつうの日、昼用。

21パーセント
家庭における水消費量のうち、トイレに占める割合です。
これは東京都水道局が平成二十七年度に調べた調査結果（一般家庭水使用目的別実態調査）で、ちなみに、お風呂が四十パーセント、炊事が十八パーセント、洗濯が十五パーセントだそうです。

21人
働いているオフィスに女性労働者が二十一人いると、女子トイレの個室が一つ増えます。

これは、「事務所衛生基準規則」という法律で定められており、その第十七条四に「女性用便所の便房の数は、同時に就業する女性労働者二十人以内ごとに一個以上とすること」と記載されているのです。

ちなみに男性の場合は、「男性用大便所の便房の数は、同時に就業する男性労働者六十人以内ごとに一個以上とすること」(第十七条二)、「男性用小便所の箇所数は、同時に就業する男性労働者三十人以内ごとに一個以上とすること」(第十七条三)となっています。

21秒

体重が三キロ以上ある哺乳類の排尿時間はみな二十一秒だそう。ゾウもウシも、イヌもネコも、ニンゲンもみな同じ。

アメリカのジョージア工科大学の研究チームが発表し、二〇一五年のイグノーベル賞物理学賞に選ばれました。

ただし、誤差の範囲がプラスマイナス十三秒だそうで、つまり八〜三十四秒までが許容範囲。これなら当てはまりそうですね。

今度、トイレに行く時に測ってみましょう。

21億人

二〇一七年、ユニセフ（国際連合児童基金）とWHO（世界保健機関）による報告では、二十一億人が、自宅で綺麗《きれい》な水が使えない状況にあるとのことです。

これは世界人口の三割、約十人に三人に当たる数となっています。

そして四十五億人（約十人に六人）が、安全に管理されたトイレを使うことができないそうです。

21世紀

今、我々が住んでいる、この時代、この地球。

今、あなたが手に入れたいこと

この中から最初に見つけた三つの言葉が「今、あなたが手に入れたいこと」

この中から最初に見つけた三つの言葉が「今、あなたが手に入れたいこと」です。

縦読み、横読みどちらでも構いません。

斜め読みはダメです。

それでは行きます。

も	お	と	い	れ	お	し	っ	こ	し	つ	な
が	と	い	お	や	も	あ	ん	し	ん	そ	か
ま	い	べ	ん	ざ	し	き	し	ご	と	い	れ
ん	れ	る	す	ず	ろ	ぼ	っ	と	い	れ	ん
え	ん	と	い	れ	い	っ	と	い	れ	み	あ
で	あ	い	べ	ん	き	と	れ	ゆ	っ	ず	い
と	い	れ	ん	き	じ	ん	い	め	と	た	み
ろ	じ	し	ざ	ゅ	か	か	み	と	ぺ	ん	ち
い	ん	ょ	わ	う	ん	ち	か	ら	ー	め	ん
き	ぼ	う	こ	う	ん	こ	い	い	ぱ	ん	つ
す	い	せ	い	こ	う	せ	き	じ	ー	を	ふ
こ	し	つ	べ	ん	き	で	む	よ	ゆ	う	よ

あとがきになる

こんにちは。霍月《ひょうげつ》あさみです。

私が手に入れたいものは「れんきゅう」、「かみとぺん」、「いいぱんつ」でした。数年前、トイレ小説が単行本化されたときにも「いいぱんつ」だったなぁと思い、私はいつまで経《た》ってもいいぱんつを欲しているようです。

それはさておき、紙とペンを持って、連休取って、どこか自然を感じることの出来る環境でのんびりゆっくり、執筆して暮らしたいなという気持ちです。

実は今年に入って立て続けに飼っていた猫のぷるぅちゃん（♂）とティコちゃん（♂）が天国に旅立ってしまったのです。あの子たち元気でやってるかな。

いつも家のどこかしら見えるところに猫が居たので、居なくなってしまうと悲しいですね。（もう一匹シンガプーラのやんちゃくれにゃんこは家中走り回ってますが。笑）

そんな悲しさが消えない日々に、担当編集者のM﨑さんから「急だけど、トイレ文庫化するよっ！」というありがたいお話をいただきまして。しかも「日がないけど、あとがきよろしくどうぞ！」ということで、今こちらを書いています。

ところで、今、働いている会社のトイレなのですが、使用後、便座や床を汚してしまった際には、自分でトイレシートを使ってキレイにする習慣があるのです。

小さな事務所なので、女性用、男性用それぞれ個室の中に洗面所もついているトイレなのですが、手を洗ってハンカチを取り出す際に、水滴が床に垂れてしまうことがあるのですよね。

そんな時もトイレシートで拭き取るのですが、ごくわずかな水滴だったりすると、床に垂れているのに気がつかずにそのまま外に出てしまってると思うのですよね。

それで、次に入る人と廊下ですれ違った時に、こう思うのです。

あれ？　もしかして、床、濡《ぬ》れたまま出てきちゃったかもしれない。今、入った人に、「あさみさん、ちゃんと汚れ拭かない人なんだ」って、思われてやしないかと。

もっとちゃんと濡れてないか確かめてから出ればよかった、と、まあ思うのです。

そんな、トイレから出たあとがきになるお話でした。

ということで。イラストのヨシタケシンスケさん、編集のM﨑さん始め、文庫化してくださった出版社の皆様、販売してくださった本屋さん、書店員の皆様、いつも応援してくれる家族、天国のぷるぅちゃんとティコちゃん、五人チーム、そしてこの本を手にとってくださった皆様、本当にありがとうございます！　雹月あさみでした。

本書は、
「第3回カクヨムWeb小説コンテスト キャラクター文芸部門」で
特別賞受賞ののち刊行した単行本
「トイレで読む、トイレのためのトイレ小説」シリーズから
物語を厳選し、文庫化したものです。

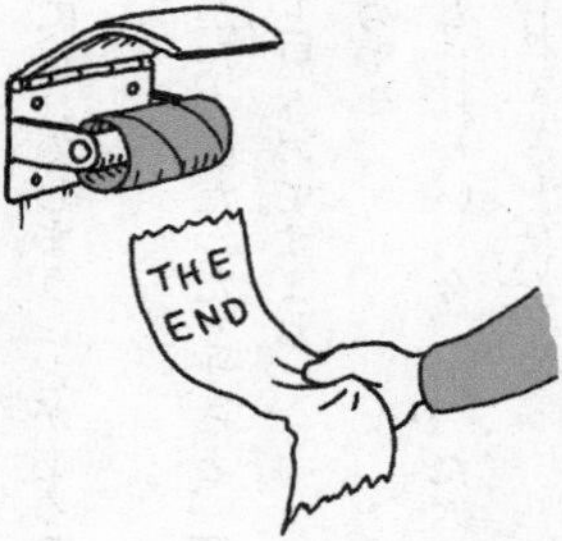

富士見Ｌ文庫

トイレで読《よ》む、トイレのためのトイレ小説《しょうせつ》　よりぬき文庫《ぶんこ》

雹月《ひょうげつ》あさみ

2023年９月15日　初版発行
2024年８月20日　５版発行

発行者　山下直久
発　行　株式会社 KADOKAWA
〒102-8177　東京都千代田区富士見2-13-3
電話　0570-002-301（ナビダイヤル）

印刷所　株式会社 KADOKAWA
製本所　株式会社 KADOKAWA
装丁者　西村弘美

定価はカバーに表示してあります。　◆◇◇

●お問い合わせ
https://www.kadokawa.co.jp/（「お問い合わせ」へお進みください）
※内容によっては、お答えできない場合があります。
※サポートは日本国内のみとさせていただきます。
※ Japanese text only

ISBN 978-4-04-075187-0 C0193